KB041350

 후한 말 삼국지 배경 시기의 13개 주 지도

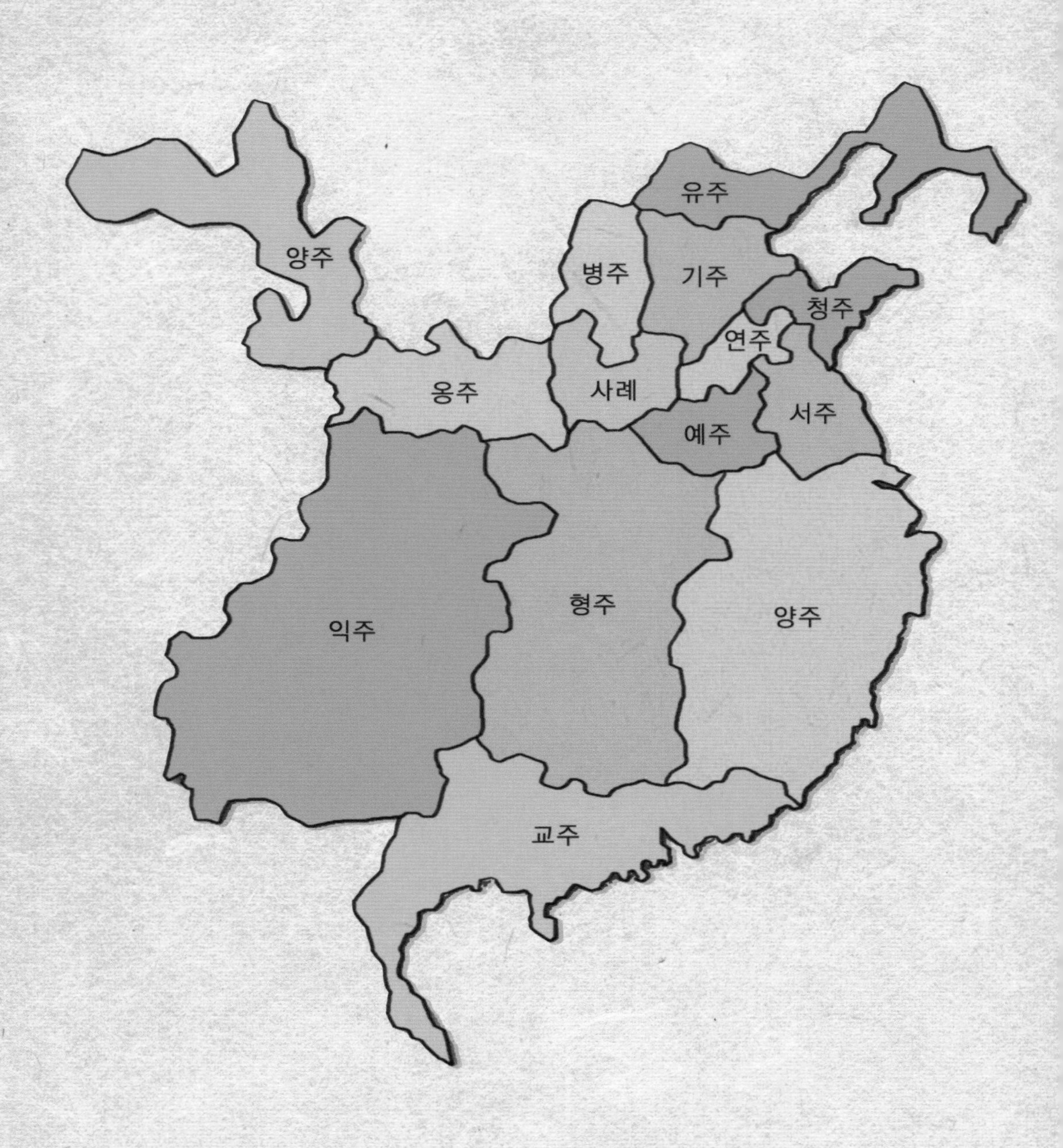

후한 말 군웅할거시대의 세력도(2세기 말)

동탁의 죽음 이후 각지에 난립하던 군웅의 세력도다. 손책은 아버지 손견이 죽은 뒤에 원술 밑으로 들어갔다가 독립하여 자신의 세력을 얻고, 파죽지세로 주변의 성을 정복해 나간다.
동탁이 죽은 뒤에 조조는 청주의 황건적 토벌을 위해 출진하여 보다 많은 병력을 얻게 되고, 조조는 아버지를 맞아들이려 한다. 그러나 도중에 아버지가 도겸의 부하인 장개에게 살해당하고 이에 화가 난 조조는 서주의 도겸을 토벌하기 위해 군사를 일으킨다. 그때 조조는 백성까지 모두 살해하며, 도겸은 유비에게 서주를 양도하게 된다.
그 틈을 타 여포가 조조의 세력권 안에서 반란을 일으키나 진압당하고 유비에게 가서 소패를 얻는다. 또한 황제는 이각, 곽사에게서 달아나 조조가 황제를 받들게 된다.

일러두기

1. 이 책은 나관중이 쓴 《삼국지연의》와 요시카와 에이지가 평역한 《삼국지》를 동화 작가 홍종의 선생님이 새롭게 엮은 것입니다.
2. 이 책에 나오는 삽화와 지도는 내용에 맞게 새롭게 제작한 것입니다.
3. 전한은 기원전 202년에 유방이 세운 나라입니다. 기원후 8년 왕망이 스스로 신新의 황제로 칭하기 전까지의 기간에 해당합니다. 기원후 25년에 유수가 한漢 왕조를 부흥시키며 후한으로 이어지는데, 이 책의 배경이 후한 말입니다.

처음 읽는 삼국지

1 도원결의

: 복숭아밭에서 맺은 의형제

나관중 원작 | 홍종의 엮음 | 김상진 그림

넓은 세상을 가슴으로 품자

《삼국지연의》는 《수호지》 《서유기》 《금병매》와 더불어 중국의 4대 기서로 불린다. 기서란 기이한 책이지만 그만큼 내용이 좋다는 뜻도 담겨 있다. 그러므로 《삼국지연의》 즉, 《삼국지》는 오늘날까지 읽히고 또 앞으로도 읽힐 책이다.
내가 《삼국지》를 처음 읽은 것은 중학교 때였을 거다. 그때는 어른이 읽는 책 그대로 꼬박 몇 달에 걸쳐 읽었다. 생각해 보니 어린이나 청소년이 읽을 수 있도록 쉽게 풀어 쓴 《삼국지》가 없었던 것 같다.
나는 책을 읽으면서 낯선 지명, 이름, 어려운 낱말 때문에 하루에 몇 페이지를 넘길 수 없었다.
비록 어렵고 힘든 책이었지만 읽을수록 재미와 흥미가 더해 책을 놓을 수 없었다. 《삼국지》에는 재미와 흥미보다 더 많은 지혜가 담겨 있다는 사실을 안 것은 어른이 되고 나서였다.
1800년 전 과거, 중국은 '후한 시대'로 불렸다. 후한은 한나라의 후손인 광무제가 나라를 되찾은 때부터 한나라가 망할 때까지를 일컫는다.
후한 말기 무렵이 되면서 황제가 자주 바뀌고 정치와 경제가 어지러워진다. 11대 황제인 환제가 세상을 떠난 뒤 12대 황제인 영제가 황제의 자리에 올랐다. 하지만 영제는 열두 살밖에 되지 않은 어린아이였다. 그러다 보니 신하들이 어린 황제를 속이며 부패를 일삼았다. 그 틈을 타 황건적이라는 도적 떼가 활개를 치며 백성을 괴롭혔다.

《삼국지》의 시대적 배경은 여기서부터 시작된다. 어지러운 세상을 바로잡으려고 굳게 뭉친 유비, 관우, 장비 세 영웅이 주인공으로 등장한다. 결국 드넓은 중국 대륙은 위나라 촉나라 오나라로 나뉘게 된다. 《삼국지》는 각 나라의 영웅이 각자의 세상을 꿈꾸며 다툼과 화해를 통해 어지러운 세상에 정면으로 맞서는 이야기다.

요즘에는 만화나 영화 또는 게임으로 쉽게 《삼국지》를 만날 수 있다. 그러나 그것들은 《삼국지》의 아주 작은 일부일 뿐이다. 그렇다고 여러분에게 어른이 읽는 어렵고 분량 많은 《삼국지》를 읽어 보라고 권할 수도 없다.

그래서 나는 아쉽고 힘들었던 기억을 떠올려 이번에 어린이가 쉽게 읽을 수 있는 《삼국지》를 엮어 내기로 했다. 《삼국지》 이야기를 새로 엮으면서 나 또한 다시 《삼국지》의 매력에 흠뻑 빠졌다.

《삼국지》를 다 읽고 나면 여러분은 더 넓은 세상을 가슴으로 품을 것이다. 아무리 어려운 일이 있다 해도 스스로 이겨 내고 용기를 가질 힘이 생길 것이다.

동화 작가 홍종의

주요 등장 인물

【유비】

한나라 황제의 먼 친척으로 가난과 어려움을 딛고 촉나라의 왕이 되는 인물. 복숭아꽃 핀 마당에서 관우, 장비와 의형제를 맺어 평생 깊이 사귀었으며, 숨어 있던 인재 제갈량을 세 번이나 찾아가 맞이한 일화가 유명하다.

【관우】

유비 의형제 중 둘째로 예를 잘 지키고 무슨 일이 있어도 유비에게 의리를 지키려고 하는 충신이다. 그를 무척 탐낸 조조가 온갖 연회와 선물을 베풀어 자기 부하로 삼으려 했으나 끝내 거절하고 유비의 곁으로 돌아갔다는 이야기는 유명하다. 청룡도라는 무기를 즐겨 썼다.

【장비】

유비 의형제 중 막내. 용맹한 장수로서 배짱도 있어 적은 병사를 이끌고 장판교 위에서 조조의 대군을 물리친 적도 있다. 보기와 달리 꾀를 써서 적을 속일 만큼 전략가로서도 훌륭했다. 무기로 장팔사모를 즐겨 썼다.

【조조】

죽을 때까지 후한의 신하로 남았으나 사실상 황제나 다름없는 권세를 누렸다. 상황 판단이 빠르고 휘하에 뛰어난 장수와 참모가 많다. 여포, 원소 같은 호걸을 물리치고 어지러운 한나라에서 가장 먼저 세력을 키운다.

등장 인물

【장각】
황건적의 난을 일으킨 사람. 난을 일으킨 그 해 병에 걸려 사망한다.

【동탁】
십상시의 난 때문에 도망치던 소제와 진류왕을 만나 궁으로 데려와 어린 진류왕을 황제로 봉한 뒤 자신이 권력을 휘둘렀다. 이후 온갖 나쁜 짓을 하다가 초선의 미인계에 걸려 여포에게 죽임을 당한다.

【손견】
손책의 아버지. 황건적의 난 때 공을 세우고 동탁을 토벌할 때도 공을 세워 이름을 떨친 무장. 젊은 나이에 싸움터에서 목숨을 잃는다.

【하진】
원래 백정이었으나 여동생이 영제의 눈에 띄어 황자 유변을 낳고 황후가 되자 큰 권력을 얻는다. 영제 사망 뒤 십상시와 마찰이 생겨 결국 죽임을 당한다.

【진류왕(헌제)】
후한의 마지막 황제. 십상시의 난 때 형인 소제와 함께 달아났다가 동탁과 함께 궁으로 돌아와서 황제가 되었다. 이후 조조의 아들인 조비에게 황제 자리를 빼앗기고 일개 신하인 산양공이 되어 지방으로 쫓겨난다.

【여포】
용맹하고 무술이 뛰어나 당시 최고의 무장으로 일컬어졌다. 원래 정원의 양아들이었으나 배신하고 동탁의 밑에 들어갔고, 다시 왕윤과 초선의 미인계에 빠져 동탁까지 배신한다.

【왕윤】
황제를 안타깝게 여기다가 거두어 기르던 초선을 이용해 동탁과 여포 사이를 떨어뜨린다. 여포의 손을 빌려 동탁을 제거하나 동탁의 부하들에게 죽임을 당한다.

【하후돈】
평생 조조의 충신으로 곁을 지켰고 많은 공을 세웠다. 전투 중에 화살이 눈에 박혔으나 끝까지 맞서 싸울 만큼 맹장으로 손꼽힌다.

【공손찬】
유비처럼 노식의 제자였으며 그런 인연으로 유비를 많이 도와주었다. 원소 밑에 있다가 나온 조운을 잠시 거느리고 있기도 했다. 훗날 원소에게 목숨을 잃는다.

【원술】
원소의 동생. 동탁을 토벌한 뒤 원소와 사이가 벌어졌다. 손책이 맡긴 옥새를 앞세워 스스로 황제를 칭했으나 유비에게 패해 도망치다가 초라한 죽음을 맞는다.

【이유】
동탁의 심복으로, 초선의 미인계를 꿰뚫어 보고 동탁에게 조언했지만 무시당했고 결국 여포에게 잡혀 죽었다.

【이각】
동탁의 신하로, 동탁이 죽은 뒤에 잘못을 빌었으나 용서받지 못하자 곽사와 함께 군사를 일으켜 실권을 쥐었다.

【곽사】
동탁의 신하로, 이각과 함께 활동했다. 군사적으로는 뛰어났으나 정치 능력은 그렇지 못해 결국 부하에게 배반당해 죽었다.

【조운】
장판교에서 혼자 전장을 누비며 유비의 어린 아들을 구해 낸 이야기가 유명하며 이후에도 크고 작은 공을 세워 유비와 제갈량의 큰 신임을 받는다.

【손책】
손견의 장남으로 젊은 나이에 손견이 죽자 원술에게 옥새를 바치고 그 아래로 들어간다.

【초선】
왕윤이 거두어 기른 소녀로 미인계를 이용해 동탁과 여포를 이간질하고 마침내 동탁을 죽이는 데 성공한다.

【가후】
이각, 장수, 조조 등 많은 장수를 섬겼으나 최종적으로 조조의 아래에 있었다. 상황을 정확히 살피고 행동을 조심해 오래 살아남았다.

【순욱】
조조가 가장 중시했던 참모로, 정치뿐만 아니라 군사 쪽의 전략도 도맡아 했다.

【정욱】
50대 중반의 늦은 나이에 조조의 부름을 받았다. 원소의 아들을 무찌를 때 큰 공을 세우는 등 뛰어난 활약을 펼친다.

【전위】
조조를 섬기던 무장 중 하나. 힘이 세서 연회에서 조조의 호위를 맡기도 했다.

【허저】
조조의 신임이 두터워 자주 호위를 맡았고 군공도 많이 세워 높은 벼슬을 받았다.

차례

도적이 날뛰는 세상

바람이 쌀쌀해 진 늦가을이었다. 유비는 누런 강물의 상류 쪽을 향해 목을 길게 빼고 서성거리고 있었다. 벌써 몇 시간째인지 몰랐다. 누가 봐도 눈에 확 띄는 이상한 모습이었다.

"이봐 젊은이, 바람도 찬데 뭘 그렇게 기웃거리나? 요즘 황건적이 날뛰는데 그러다 관리들한테 의심이라도 받으면 어쩌려고."

마침 그 앞을 지나던 어부가 걱정을 하며 말했다.

"아, 네. 고맙습니다."

하지만 유비는 인사만 받을 뿐 강물에서 눈을 떼지 않았다.

'황하의 강물은 어째서 이렇게 누런 것일까?'

유비는 혼잣말로 중얼거렸다. 강물에는 무수히 많은 모래 알갱이가 섞여 있었다.

"이 흙까지도 말이야."

유비는 손으로 흙을 한 움큼 퍼 올려 들여다보았다. 흙도 역시 강물처럼 누런빛이었다.

"휘휴!"

유비는 주먹으로 가슴을 때려 숨을 토해냈다. 나라를 생각할 때마다 누런 강물과 누런 흙처럼 가슴이 꽉꽉 막히고 눈앞이 캄캄해졌다.

영제가 열두 살 어린 나이로 황제가 되자 신하들은 황제를 속이고 부패를 일삼았다. 당연히 피해를 보는 것은 백성들이었다. 거기에 도적 무리인 황건적까지 날뛰고 있어 세상이 시끄럽고 어지러웠다. 이대로 가다가는 나라가 망할 것이 분명했다.

'할아버님, 아버님! 이 유비에게 힘을 주십시오. 이 유비가 반드시 나라를 일으켜 세우겠습니다.'

유비가 흐린 하늘을 우러러보며 다짐했다. 고향인 탁현 누상촌을 떠나 이리저리 떠돈 이유도 바로 그것 때문이었다. 직접 눈으로 어지러운 세상을 보기 위해서였다. 그래야지 앞으로 자기가 갈 길을 찾을 수 있다고 생각했다.

"어이! 거기 누구야? 한 번도 본 적이 없는 수상한 놈이구나."

유비는 깜짝 놀라 깊은 생각에서 깨어났다. 어부의 걱정대로 소리친 사람은 마을의 관리였다.

"네 놈은 황건적의 일당이렷다? 마을을 염탐하려고 서성대고 있는 것이렷다?"

관리는 다짜고짜 유비에게 달려들어 멱살을 잡았다.

"아, 아닙니다. 저는 탁현 누상촌에 사는 사람입니다. 멍석*과 발*

을 짜는 무지렁이입니다."

유비는 몸에서 힘을 쭉 빼고 말했다.

"그래?"

관리는 더러운 물건을 잡은 듯 얼른 유비의 멱살을 놓아 주었다. 그도 그럴 것이 유비의 모습은 거지와 다름이 없었고 온몸에서 냄새가 났다. 집을 떠나 떠돌다 보니 씻는 것조차 쉽지 않았다. 갑자기 관리의 눈이 반짝거렸다. 관리는 유비가 허리에 차고 있는 칼에 눈길을 주며 입맛을 쩝쩝 다셨다.

"칼에 황금 패물과 옥구슬이 달려 있군. 거지에게는 어울리지 않는 물건이야. 어디서 훔친 것이 아니냐?"

관리가 어떻게 하든 트집을 잡아 칼을 빼앗으려 했다.

"아닙니다. 이 칼은 돌아가신 아버지가 남기신 하나밖에 없는 유품입니다."

유비는 칼을 뒤로 돌려 차며 말했다.

"그래? 그런데 여기에서 대체 뭘 했던 거야? 바로 어젯밤에도 옆 마을에 황건적 무리가 쳐들어왔는데."

관리는 포기하지 않고 집요하게 따져 물었다.

"오늘쯤 강을 따라 내려올 배를 기다리고 있었습니다."

"배를 기다리고 있었다고? 하핫! 그 꼴에 배 삯이 있는 게냐?"

관리는 유비가 배를 타려고 기다린다고 생각했다. 그래서 배 삯

멍석 짚으로 꼰 새끼를 가로세로로 엮어 네모지게 만든 깔개. 그 위에 곡식을 올려 말리기도 하고 돗자리처럼 쓰기도 한다. | **발** 길고 가느다란 막대를 줄로 엮어서 무엇인가를 가리는 데 많이 쓰는 물건.

이 없다면 배 삯을 대 줄 테니 그 대신 칼을 달라는 뜻으로 말하고 있는 것이었다.

"아닙니다. 좋은 차를 사고 싶어서 기다리는 겁니다."

"차를 사겠다고?"

관리의 눈이 휘둥그레졌다. 차를 마시는 일은 신분이 높은 사람들이 즐기는 문화였다. 그만큼 차는 비싸고 귀한 것이었다.

"그 꼴에 차는 무슨……. 땡전 한 푼도 없는 것 같구만."

관리가 입을 삐쭉거리며 무시했다.

"저희 어머니가 차를 좋아해서 돈을 조금 모았습니다. 이제 고향으로 돌아가는 중이거든요."

유비가 또박또박 말했다. 그때서야 관리는 칼 뺏기를 포기하고 돌아갔다. 누런 강물을 붉게 물들이며 기울던 해가 어느 순간 뚝 떨어지듯 자취를 감췄다. 그때 누런 강물을 따라 커다란 배 한 척이 미끄러지듯 나루터를 향해 천천히 다가오고 있었다.

"아, 배다!"

유비는 배를 향해 손을 흔들었다. 배는 황제가 사는 낙양에서 오는 낙양선으로 장사꾼들의 배였다. 배는 강물을 따라 내려오다가 나루터에 들러 물건을 팔고 사들이는 일을 했다. 배가 들어오자 기다렸다는 듯 사람들이 모여들었다. 당나귀를 끌고 온 중간상인들, 손수레에 실과 비단을 가득 실은 농민들, 과일이나 짐승의 고기를 바구니에 담아 든 상인들이었다.

유비는 배에서 내린 상인에게 서둘러 다가갔다.

"나리, 차를 사고 싶습니다."

"흥! 미안하지만 자네에게 팔 만한 싸구려 차는 없네."

상인은 유비의 모습을 찬찬히 뜯어보며 입을 삐죽거렸다.

"조금이라도 사고 싶습니다. 꼭 부탁드립니다."

유비의 목소리에 간절함이 묻어났다. 상인이 하던 일을 멈추고 유비를 바라보았다.

"돈은 얼마나 있나?"

유비는 품속에서 주머니를 꺼내 상인의 두 손에 은과 사금을 모두 쏟아 주었다.

"은이 대부분이군. 이걸로는 좋은 차를 살 수 없어."

"어머니를 기쁘게 해 드리고 싶어서 이 년 동안 먹고 싶은 것, 입고 싶은 것 다 참고 모았습니다."

"어머니에게 드릴 차라고? 그런 말까지 들으니 거절할 수가 없군. 하지만 이 정도의 은으로는 차를 바꿀 수 없네. 뭐 다른 건 없나?"

"이것도 드리겠습니다."

유비는 급한 나머지 칼의 끈에 매달린 옥구슬을 풀어 내밀었다. 하지만 상인은 옥 따위는 눈에 들어오지 않는다는 표정이었다.

"제발 부탁입니다. 한번만이라도 어머니께 좋은 차를 끓여 드리고 싶습니다."

유비는 상인을 쫓아다니며 졸랐다.

"흠, 할 수 없군 그래. 자네의 효심을 생각해서 밑지는 장사지만 차를 파는 것이네."

상인은 배 안에서 단지 하나를 들고 와 유비에게 건넸다.

"고맙습니다. 정말 고맙습니다."

유비는 몇 번이고 고개 숙여 인사를 했다. 유비는 보물처럼 단지를 안고 마을로 가 허름한 여관방을 잡았다. 겨우 몸을 눕힐 수 있을 만큼 작은 방이었다. 어머니가 계신 고향으로 돌아간다고 생각하니 가슴이 설레 잠이 오지 않았다. 아마 새벽녘에야 잠이 들었을 것이다.

"황건적이 몰려왔어요! 빨리 뒷문으로 도망가세요!"

여관 주인이 방문을 벌컥 열고 유비를 흔들어 깨웠다. 유비는 여관 주인이 가르쳐 주는 대로 뒷문을 빠져 나왔다. 마을은 벌써 벌겋게 불이 붙어 활활 타오르고 있었다. 황건적들이 불길을 피해 밖으로 뛰쳐나오는 사람들을 향해 아귀처럼 칼과 창을 휘두르고 다녔다. 지옥이 따로 없었다. 황건적들은 모두 머리에 누런 두건을 쓰고 있었다.

"아악!"

마침 유비가 있는 곳으로 뛰어 오던 여인이 뒤쫓아 온 황건적의 칼을 맞으며 쓰러졌다. 유비를 향해 여인의 피가 튀었다. 다행히 황건적은 유비가 숨어 있는 것을 눈치 채지 못했다.

유비는 손에 힘을 주어 허리에 찬 칼을 단단히 움켜잡았다. 당장이라도 황건적과 대항하여 뛰어 나갈 기세였다. 그때 황건적 한 무리가 우르르 쏟아져 나왔다. 열다섯에서 열여섯 명은 됨 직 했다. 유비는 자신도 모르게 앞으로 내디딘 발을 슬그머니 거둬들이며 몸을 숨겼다.

'그래, 나한테는 홀어머니가 계시다. 칼 하나로 많은 도적을 물리치기는 어렵다. 잘해야 한 명의 도적을 물리치고 죽는다 한들 무슨 소용이 있겠는가. 나중을 생각해 비겁하지만 숨어 있자.'

유비는 진즉 무술을 배워 고수가 되지 못한 것이 후회가 되었다. 그러나 유비는 어금니를 꽉 깨물며 비겁한 자신을 위로했다. 유비는 황건적의 눈을 피해 어쩔 수 없이 마을에서 도망쳤다.

유비는 산길을 걷고 또 걸었다. 유비의 눈앞에 공묘가 보였다. 공묘는 그 옛날 학문으로 세상을 구한 공자*의 뜻을 받들기 위해 사당처럼 지어진 곳이었다. 사람들은 세상이 어지러울 때마다 공묘를 찾아 공자의 지혜를 배우려 하고 있었다. 유비의 마음도 마찬가지였다. 책을 통해 배운 공자의 지혜를 직접 경험할 수 있는 좋은 기회였다. 유비는 반가운 마음에 한달음에 공묘를 찾아가 큰 절을 했다.

"공자님, 제 생각은 다릅니다. 지금은 짐승 같은 황건적이 날뛰는 어두운 세상입니다. 학문으로는 도저히 이 세상을 구할 수 없습니다. 이럴 때는 뛰어난 무술과 힘으로 세상을 구할 수밖에 없는 듯합니다."

유비는 여기저기 떠돌며 눈으로 직접 본 참혹한 광경이 떠올라 공자의 뜻을 거스르는 말을 하고 말았다. 아차! 하고 후회를 했지만 솔직한 마음이었다.

공자 (기원전 551~기원전 479) 제후들끼리 서로 싸우던 시절, 중국 여러 나라를 돌아다니면서 인ㄷ을 주장하고 수많은 제자를 길렀음. 이후 제자들이 엮은 〈논어〉가 유명함.

"우하하핫! 먹잇감이 제 발로 찾아 들었구나."

갑자기 시커먼 사내 하나가 사당 문을 벌컥 열고 달려 나왔다. 사내는 정말 먹잇감을 향해 덤비는 짐승처럼 숨을 씨근거렸다. 또 하나의 사내가 달려 나왔다. 유비는 꼼짝달싹 할 수 없었다.

두 사내는 머리에는 누런 두건을 쓰고 몸에는 철갑*을 두르고 발에는 짐승 가죽으로 만든 신을 신고 허리에는 긴 칼을 차고 있었다. 분명 황건적 무리였다. 두 사내는 공묘에 몸을 숨기고 지나가거나 찾아오는 사람들을 기다리고 있었던 것이다. 도적들 앞에서는 공자의 학문도 어쩔 수 없다는 것이 사실로 증명되었다.

"두목, 이 녀석을 어떻게 할까요?"

유비의 목덜미를 움켜 쥔 사내가 힘을 불끈 주며 물었다. 유비의 몸이 나뭇가지처럼 흔들렸다.

"보아하니 거지꼴에 샌님처럼 약해 빠진 놈이니 그냥 놔 두거라. 가지고 있는 물건이나 죄다 뺏고 말이다. 만약 도망치려고 하면 쫓아가 목을 베어 버리면 되니까. 음하하핫!"

두목이 웃음을 터뜨렸다. 기다렸다는 듯 졸개인 사내가 유비의 몸을 샅샅이 뒤지기 시작했다. 유비는 꼼짝없이 차가 담긴 단지와 아끼던 칼을 빼앗겨 버렸다.

"이 놈 꼴은 이래도 좋은 것을 가지고 있네."

두목이 차 단지와 칼을 흔들어 보이며 만족해 했다.

철갑 쇠붙이를 겉에 붙여 지은 갑옷.

"장각 장군님께 바치면 좋아하실 것 같습니다. 장각 장군님이 얼마나 차를 좋아하시는데 말입니다."

졸개가 맞장구를 쳤다. 유비는 졸개의 입에서 나온 장각이라는 이름을 알고 있었다. 소문으로 들은 장각은 머리가 좋고 공부도 많이 했지만 벼슬을 하지 못한 사람이었다. 그러자 그는 세상을 등지고 산으로 들어가 살게 되었다. 그러던 어느 날 산에서 약초를 캐다가 한 노인을 만났다.

"오래도록 자네를 기다렸네."

노인은 장각에게 세 권의 책을 건네며 말을 이었다.

"이건 '태평요술'이오. 자네는 이 책을 잘 익혀 어려움에 빠진 세상을 구해야 할 사람이오. 그런 자네가 만약 나쁜 마음을 갖는다면 머지않아 천벌을 받을 것이오."

노인의 말을 듣고 장각은 산에서 내려와 마을 사람들에게 이야기를 전했다. 마침 마을에 전염병이 돌자 장각은 주문을 외워 병을 치료했다. 그 뒤로 장각에 대한 소문이 퍼졌고 몸의 병뿐만 아니라 마음의 병을 앓는 사람까지 모여들었다. 가난한 사람이든 부유한 사람이든 장각에게 엎드려 절했다.

얼마 지나지 않아 장각을 받드는 사람이 수만 명에 달했다. 사람들은 장각을 따라 머리에 황색 두건을 둘렀고 손에 황색 깃발을 들었다. 장각은 권력을 쥐게 되면서 노인의 말을 저 버리고 약탈을 일삼기 시작했다. 자신의 말을 거역하는 사람은 가차 없이 벌하고 죽였다. 이런 포악함은 곧 전체 황건적의 일상이 되어 버렸다.

"이놈을 묶어 놓고 눈 좀 붙여야겠군."

장각의 부하인 사내들은 유비를 기둥에 묶고 잠을 청했다. 유비는 마을을 쑥대밭으로 만든 황건적의 잔인함을 직접 본 터라 절망했다.

'도적의 무리에 잡혀 이제 죽게 되었구나. 홀로 계신 어머니는 누가 모시고 어지러운 나라는 누가 구할 것인가.'

유비는 밤하늘의 별을 올려다보며 한숨을 내쉬었다. 그럴 줄 알았으면 세상을 떠돌지 않고 어머니를 모시고 살 것을 그랬다고 후회했다. 새벽 무렵, 장각의 부하들이 깊은 잠에 빠져 드렁드렁 코를 골았다. 그때였다. 늙은 스님이 몸을 잔뜩 낮추고 유비에게 다가와서는 익숙한 솜씨로 유비의 몸을 풀어 주었다. 유비는 스님을 따라 조심조심 도적들로부터 도망쳤다. 스님을 따라 간 곳은 숲속에 있는 낡은 절이었다. 절에도 도적들이 들이닥쳤는지 돌탑들이 무너져 나뒹굴고 있었다. 스님은 절 안으로 들어가 하얀 말 한 마리를 끌고 나왔다. 하얀 말 뒤로는 아름다운 여인이 따라왔다.

"이보게, 내가 자네를 구해 준 것을 은혜라고 생각한다면 가는 길에 이 아씨를 데리고 가 주게. 이 분은 이 지방을 다스리던 영주님의 딸인 부용 아씨일세. 황건적이 쳐들어와 성은 불타고 영주님은 살해당하고 하인들은 뿔뿔이 흩어졌지. 우리 절마저 이 꼴이 되었네. 난리 속에 길을 잃고 헤매던 아씨를 내가 이 절에 숨겨 놓았네."

스님은 위급한 상황 속에서도 계속해서 말을 이어 나갔다.

"오늘 밤 영주님의 부하들이 황건적에게 보복하기 위해 강가에 모이기로 했네. 그러니 아씨를 거기까지 데려다주기만 하면 나머지는 영주님의 부하들이 알아서 할 걸세. 지금 바로 말을 타고 달아나게."

스님은 힘이 드는지 그 자리에 주저앉아 숨을 헐떡거렸다. 그 몸으로 유비를 구해 주었다는 것이 믿기지 않았다.

"알겠습니다."

유비가 힘주어 대답했다. 유비는 부용을 부축해 말에 앉히고 자신도 말에 올라탔다. 스님이 기다렸다는 듯 지팡이를 들어 말을 엉덩이를 때렸다. 말이 놀라서 앞으로 내달렸다. 유비는 두 팔로 부용을 감싸 안고 달렸다. 가을바람에 떨어져 날리던 나뭇잎들이 유비와 부용의 몸을 화살처럼 비껴 날아갔다.

두 사람은 말을 달려 넓은 들판으로 나왔다. 갑자기 화살이 스쳤다. 나뭇잎이 아니라 날카로운 촉을 가진 진짜 화살이었다.

"저기닷! 잡아라."

짐승과 같은 황건적의 무리가 함성을 지르며 유비의 뒤를 쫓았다.

"멈춰라!"

그때였다. 황건적이 쏜 화살 하나가 백마의 목에 꽂혔다. 백마는 앞발을 쳐들고 크게 울부짖더니 털썩 쓰러졌다. 부용과 유비도 땅바닥에 그대로 내팽개쳐졌다.

"이놈들!"

유비가 몸을 일으키며 있는 힘을 다해 소리쳤다.

"이 풋내기 놈이!"

황건적 무리 가운데 한 명이 칼을 뽑았다. 세상을 떠돌며 여기까지 오는 동안 유비는 몇 번이나 죽을 고비를 넘겼다. 그러나 이번이 가장 큰 고비였다. 말 그대로 죽기 아니면 살기였다. 더는 도망칠 곳도 숨을 곳도 없는 위기였다.

'그냥 죽지는 않겠다.'

유비는 아쉬운 대로 돌멩이를 집어 다가오는 사내의 얼굴을 향해 내던졌다. 어려서부터 돌멩이를 던져 새를 잡아서 돌팔매질이라면 자신 있었다.

"앗."

날아간 돌멩이가 정확하게 사내의 머리를 때렸다. 그 틈에 유비는 사내가 가지고 있던 창을 빼앗았다.

"불쌍한 백성들을 괴롭히는 버러지들아, 더는 용서할 수 없다. 이 유비가 뜨거운 맛을 보여 주마."

유비는 있는 힘을 다해 죽음을 각오하고 일곱 명과 맞서 싸웠다. 하지만 얼마 지나지 않아 창을 떨어뜨리고 말았다.

황건적들이 빙글빙글 웃으며 쓰러진 유비의 가슴을 향해 칼을 겨누고 달려 들었다.

"잠깐, 멈추시오!"

일곱 명의 황건적 무리에는 없던 사내가 불쑥 나타나 소리를 쳤다. 들판이 쩌렁쩌렁 울렸다. 사내는 키가 칠 척*이나 됨직하고 몸집이 엄청나게 컸다.

척 1척은 대략 30㎝다.

"네 이놈, 너는 장비 아니냐? 그런데 졸병 주제에 누구한테 명령이야?"

유비에게 칼을 겨누던 황건적이 소리쳤다. 하지만 그의 말이 채 끝나기도 전에 장비라는 사내는 다짜고짜 그를 들어 올려 공중에 집어 던졌다.

"이놈, 장비야! 우리는 같은 편인데 지금 뭐하는 짓이냐? 우리 일을 방해할 셈이냐?"

"쓸데없는 짓을 하면 용서하지 않을 테다."

"장비 네놈이 정신이 나갔구나. 어디 혼 좀 나 볼 테냐?"

황건적 무리가 소리를 치며 장비를 에워쌌다. 그 틈에 유비는 쓰러져 있는 부용 아씨를 데리고 멀찍이 달아났다.

"와하하하하하. 맘껏 짖어 대라. 이 겁쟁이 들개들아!"

장비가 소리쳤다.

"뭐, 들개라고?"

"그렇다. 너희 가운데 한 마리라도 인간다운 놈이 있단 말이냐?"

황건적 무리 가운데 한 명이 창을 들고 덤벼들었으나 장비는 부채처럼 커다란 손으로 그의 뺨을 내갈겼다. 그리고 낚아챈 창으로 비틀거리는 그의 엉덩이를 힘껏 내리쳤다. 창을 맞은 사람의 몸이 튀어 오르더니 비명과 함께 공중제비를 돌았다. 황건적 무리가 놀라서 흩어졌다.

"또 덤빌 생각이냐? 쓸데없이 목숨을 버리지 말고 조용히 돌아가거라. 가거든, 얼마 전 영주님이 돌아가셨을 때 거짓으로 항복하여 황건적의 졸병이 된 장비가 유비와 부용을 넘겨받았다고 보고하라."

"앗! 그럼 너는 영주의 부하였단 말이냐?"

황건적들이 눈을 동그랗게 떴다.

"이제야 눈치를 챘느냐? 분하게도 이 몸이 성을 비운 사이에 황건적 무리에게 당하고 말았다. 어떻게 해서든 원한을 풀기 위해 잠시 너희 도적 무리에 졸병으로 들어간 것이다."

장비의 목소리는 천둥처럼 크게 울려 퍼졌다.

'정말 놀라운 장수로구나.'

유비는 넋이 빠져 멍하니 장비를 바라보고 있었다. 장비가 발길질을 하면 구름이 일고 소리를 내지르면 바람이 이는 듯했다. 황건적 무리가 도망쳤지만 장비는 웃기만 할 뿐 쫓으려 하지도 않았다. 곧이어 장비가 유비 쪽으로 성큼성큼 다가왔다.

"정말 큰일 날 뻔했습니다."

장비는 아무 일 없었다는 표정으로 말을 걸었다. 그러고는 바로 허리에 차고 있던 칼 두 개 가운데 하나를 풀고 품속에서 낯익은 차 단지를 꺼냈다.

"도적에게 빼앗겼던 귀공의 칼과 차 단지입니다. 자, 받으십시오."

장비는 유비가 황건적들에게 빼앗긴 물건을 고스란히 찾아 주었다. 유비는 칼과 차 단지를 받으며 몇 번이고 인사를 했다.

"이미 죽은 것이나 다를 바 없는 목숨을 건진 데다, 이렇게 소중한 물건까지 되찾다니 마치 꿈을 꾸는 기분입니다. 이 은혜 평생토록 잊지 않겠습니다."

"아닙니다. 저희 부용 아씨를 구해 주신 것에 대한 보답일 뿐입니다."

유비는 장비의 겸손한 말투에 더욱 감탄했다.

"보답으로 이 칼을 드리겠습니다. 차는 고향에 있는 어머니께 드릴 선물이라 드릴 수 없지만 이 칼은 저보다 당신처럼 의로운 분이 갖고 계시는 게 나을 듯합니다."

"솔직히 말씀드리면 대단한 칼이라는 걸 알기에 탐이 나긴 합니다. 하지만 당신께 이 칼이 어떤 칼인지도 잘 알기에 탐을 내지 않기로 했습니다."

"아닙니다. 생명의 은인께는 이것으로도 부족합니다. 게다가 칼을 알아봐 주시니 드리는 저도 보람이 있고 만족스럽습니다."

"정말이십니까? 그렇다면 다른 물건도 아니니 받아 두겠습니다."

장비는 재빨리 자신의 칼을 풀어 던진 뒤 유비가 건넨 칼을 찼다. 그러고는 더할 나위 없이 기뻐했다.

"조만간 도적 떼들이 다시 쫓아올 것이 뻔합니다. 저는 부용 아씨를 모시고 갈 것이니 귀공께서도 얼른 고향으로 돌아가십시오."

"아, 그렇다면……."

유비는 부용의 몸을 부축해 장비에게 맡기고 도적이 버린 말에 올라탔다. 장비는 조금 전 자신이 풀어 던진 칼을 유비의 허리에 채워 주었다.

리 1리는 대략 393m다.

"이런 칼이라도 차고 있는 편이 나을 겁니다. 탁현까지는 아직 몇 백 리*나 남았으니까요."

장비는 부용을 부축해 말에 오른 뒤 참으로 아쉽다는 듯 덧붙였다.

"언젠가 다시 만날 날이 있을 겁니다. 부디 조심해서 가십시오."

"네, 다시 만날 날을 기다리겠습니다."

유비의 말과 장비와 부용을 태운 말이 서쪽과 동쪽으로 갈라섰다. 서로 만날 날을 기다린다고 했지만 가는 길이 정반대의 방향이라서 다음 만남을 기약할 수 없었다.

하늘의 뜻을 받은 사람

드디어 유비의 눈에 고향 집 풍경이 들어왔다. 저물어 가는 햇빛 속에 거뭇한 지붕 하나와 집 마당에 있는 거대한 솥뚜껑 같은 뽕나무가 보였다.

'어머니가 나를 얼마나 기다리고 계실까?'

유비는 달리는 말의 옆구리를 힘차게 차며 내달렸다. 유비는 뽕나무에 말을 묶고 한달음에 집 안으로 뛰어 들어갔다.

"어머니, 유비가 왔습니다."

유비는 조심스럽게 어머니를 불렀다. 가뜩이나 오래된 집이라 변변한 것도 없는데 그나마도 유비가 없는 동안에는 드나드는 사람이 없어 잡초가 무성했다.

"어? 어떻게 된 거지? 날이 저무는데 불빛도 보이지 않고."

유비는 떨리는 가슴으로 멍하니 서 있었다.

그때였다. 어둠 속 안뜰 쪽에서 달그락달그락 멍석 짜는 소리가 들려왔다. 유비는 조심조심 소리 나는 곳으로 다가갔다. 작업장에 희미한 등불 하나가 걸려 있었다. 그 등불 밑에 백발의 어머니가 등을 돌린 채 앉아 있었다. 어머니는 별빛을 의지해 홀로 멍석을 짜고 있었다.

"어머니, 유비가 이제야 돌아왔습니다."

유비의 목소리를 듣고 어머니가 놀라 비틀거리며 일어났다.

"오오, 유비로구나. 유비야."

어머니는 갓난아기를 끌어안듯 유비를 안고 기쁨의 눈물을 흘렸다.

"유비야, 많이 피곤하지? 좁쌀이라도 끓여서 얼른 저녁을 먹자꾸나."

"이제 그런 일은 제가 하겠습니다. 더는 불편하게 해 드리지 않을 거예요."

유비는 어머니의 손을 잡아 끌어 방으로 모셨다. 그런데 전과 달리 어머니의 방에는 몸을 눕힐 침대조차 없었다. 등불을 들고 부엌으로 들어가 보니 냄비도 없었다. 닭 너덧 마리와 소가 한 마리 있었는데 그런 가축들은 물론이고 값나가는 물건은 아무것도 남아 있지 않았다.

'아, 여기도 황건적이 휩쓸고 갔구나.'

유비는 정신이 아득해졌다. 그래도 어머니가 다치지 않고 살아계셔서 다행이었다. 유비는 저녁을 짓기 위해 곡식 창고를 열어 좁쌀과 콩 가마니를 살폈다. 곡물도, 마른 고기도, 천장에 매달아 두었던 마른 채소도 보이지 않았다. 어머니에게 물어볼 필요도 없는 일

이었다.

그때 방 안에서 부스럭거리는 소리가 들렸다. 유비가 방으로 들어갔을 때 어머니는 방바닥의 나무판자를 들어내고 항아리에서 좁쌀과 먹을 것을 꺼내고 있었다.

"목숨을 이어 나갈 만큼 조금 숨겨 놓았단다."

초라하기는 하지만 유비와 어머니는 오랜만에 함께 저녁 식사를 즐겼다.

"어머니, 이번 여행에서 제가 아주 진귀한 선물을 구해 왔습니다."

"선물을?"

"살아 있는 동안에 다시 한 번 맛보고 싶다고 언젠가 말씀하신 적이 있잖아요."

유비는 차 단지를 꺼내 식탁 위에 올려놓았다.

"낙양의 명차입니다. 어머니께서 무엇보다 좋아하시는 차입니다. 내일 아침 어머니는 뒷마당 복숭아밭에 자리를 펴 주세요. 저는 맑은 물 한 통을 받아 오겠습니다."

"유비야, 참으로 기특하구나!"

어머니는 차 단지를 쓰다듬으며 몹시 기뻐했다.

날이 채 밝기도 전에 유비는 말 등에 물통을 묶고 물을 길러 왔다.

어머니는 아궁이에 콩대를 넣어 불을 피우고 뒷마당으로 나갔다. 커다란 뽕나무 밑을 지나자 소가 없는 외양간이 있고 닭이 없는 닭장이 있고 가을 풀이 웃자란 들판이 있었다. 그곳에서 백 보 정도 걸어가면 수천 평이나 되는 땅에 복숭아나무가 빽빽하게 심어져 있었다. 예전에는 복숭아를 따다가 시장에 내다 팔아 그것으로 먹을 곡식을 샀다. 그것이 일 년 농사였다.

어머니는 복숭아나무 밑에 새 멍석을 깔았다. 그리고 흙으로 만든 화로와 찻그릇을 가지고 왔다. 빽빽하게 늘어선 복숭아나무 가지마다 가을 새들이 날아와 지저귀고 있었다. 복숭아밭의 오솔길을 따라 유비가 곧 도착했다. 그리고 물통을 풀었다.

"이 물로 차를 우리면 정말 맛있을 거예요."

"황금의 물에 낙양의 차, 거기에 네 효심까지. 왕후로 태어난다 해도 이런 행복을 맛볼 수는 없을 게다."

어머니는 화로에 불을 피웠고 유비는 무릎을 꿇고 앉아 차 단지를 내밀었다. 그런데 그 순간 어머니가 엄한 눈빛으로 유비를 쏘아보았다.

"왜 그러세요, 어머니."

유비가 어리둥절해 하며 물었다.

"지금 네가 차고 있는 칼은 누구의 것이냐? 아버지의 칼은 어디 있고?"

"아, 실은 여행에서 돌아오는 길에 어떤 은인에게 감사의 표시로 주었습니다. 죄송합니다, 어머니."

유비는 두 손으로 땅바닥을 짚으며 말했다.

"뭣, 다른 사람에게 주었다고? 세상에, 그 칼을!"

어머니의 얼굴빛이 백지장처럼 하얘졌다.

유비는 황건적의 무리에게 잡혀 인질이 되었던 일과 차 단지와 칼 모두를 빼앗겼던 일 그리고 도움을 얻어 간신히 도적들의 무리에서 탈출했으나 다시 잡혀 황건적에게 포위당한 일, 이제는 끝이구나 싶었는데 장비라는 졸병이 목숨을 구해 주었고 너무 기쁜 나머지 보답하는 마음으로 칼을 내준 일 등을 자세하게 설명했다.

그런데도 어머니의 노여움은 여전했다.

"아아, 나는 네 아버지를 뵐 낯이 없구나. 돌아가신 남편을 무슨 낯으로 뵌단 말이냐. 내가 너를 잘못 길렀구나!"

어머니는 갑자기 눈앞에 있던 차 단지를 집어 들었다.

"유비야, 이리 오너라!"

어머니는 엄숙한 얼굴로 유비의 팔을 잡아끌었다. 그러고는 강가에 다다르자 차 단지를 강물 속으로 집어 던졌다.

"어머니!"

유비는 황급히 어머니의 팔목을 잡았다. 하지만 어머니의 손을 떠난 차 단지가 동그란 물결을 남기며 벌써 강바닥으로 잠기고 있었다.

"어머니! 어째서 어렵게 구한 차를 강에 버리신 겁니까?"

유비의 목소리가 떨렸다.

"네가 온갖 고생을 하며 멀리서 가져온 차다. 너는 그 차를 강에 던져 버린 어미의 마음을 알겠느냐?"

유비는 어머니의 마음을 알지 못했다.

"어머니, 제가 무엇을 잘못했고 무엇이 마음에 들지 않으신지 야단쳐 주십시오. 말씀해 주십시오."

유비가 말했다.

"내 마음에 들지 않아서 야단을 치는 것이 아니라, 네가 어느 틈엔가 그토록 마음이 약해져 누상촌의 평범한 백성이 되어 버렸기 때문에 화를 내는 것이다. 작은 것을 얻기 위해 큰 것을 보지 못하는 네가 안타깝구나."

어머니는 주름진 눈을 소매로 닦았다. 아들을 야단치려고 애쓰는 자신의 목소리에 눈물이 났던 것이다.

"잊은 게냐, 유비야? 네 아버지와 할아버지도 발을 만들고 멍석을 짜며 살다 돌아가셨지만 네 몸속에는 한때 이 중국을 통일했던 왕족의 피가 흐르고 있다. 칼은 그 징표나 다름없다. 유비야, 너는 그 칼을 다른 사람에게 넘겨주고 평생 멍석을 짜며 살아갈 생각이었던 게냐? 칼보다 차가 더 중요하다고 생각하느냐? 내가 그런 마음을 가진 자식이 구해 온 차를 기꺼이 마실 어미인 줄 알았느냐?"

어머니는 유비의 옷자락을 잡고 어린아이를 혼내듯 엄하게 꾸짖었다. 어머니의 슬픈 울음소리를 들으며 유비는 꼼짝도 할 수 없었다. 어머니의 커다란 사랑이 뼛속까지 느껴졌기 때문이다.

"제가 생각이 짧았습니다. 모두 제 어리석음 때문에 벌어진 일입니다. 이제는 마음을 정했습니다. 그렇지 않아도 이번 여행에서 황건적이 날뛰는 모습, 천하의 백성들이 괴로워하는 모습을 눈이 아플 정도로 보고 왔습니다. 어머니, 저는 하늘의 뜻을 받은 사람입니다."

유비가 눈물을 흘리며 진심으로 말했다. 어머니는 오랜 시간 하늘을 향해 엎드려 기도를 올렸다.

유비의 결심은 변하지 않았지만 세상은 유비를 위해 기회를 주지

앉았다. 유비는 평상시와 다름없이 어머니를 도와 발과 멍석을 짜며 세월을 보냈다.

그렇게 몇 해가 흘렀다. 유비는 발과 멍석을 판 돈을 받아 오려고 집을 나섰다. 시장 네거리에 들어서자 많은 사람이 웅성대며 모여 있었다. 그곳은 평소 오리고기와 떡 등을 팔던 곳이었는데 사람들 머리 위로 높다랗게 방*이 붙어 있었다.

"뭐지?"

유비도 호기심이 일어 사람들 사이로 방을 올려다보았다. '천하의 뜻과 용기 있는 자를 널리 모집한다'는 내용이었다. 유비가 방을 읽는 사이 주변에 있던 사람들이 웅성거리기 시작했다.

"군대를 모집하는군. 어떤가? 지원해서 공을 한번 세워 보는 게."

"그 못된 황건적을 치는 일이라지 않는가. 얼마나 대단한 일인가. 군대의 말에게 먹일 풀만 베어 나르기만 해도 도움이 될 걸세. 나는 가기로 마음먹었네."

한 사람이 그렇게 말하며 자리를 뜨자 그 말에 결심을 굳힌 듯 두 사람이 자리를 떴다. 그리고 세 사람이 그 뒤를 따르자 모여 있던 사람들이 줄줄이 성문을 넘어 성안으로 들어갔다.

유비는 모든 사람이 흩어진 뒤에도 방을 바라보며 생각에 잠겼다. 그때 누군가가 버드나무 뒤 바위에 앉아 유비를 불렀다.

"젊은이, 다 읽으셨는가?"

방 많은 사람에게 널리 알리기 위해 길거리 같은 곳에 써 붙이는 글.

사내는 한 손에는 술잔을 들고 다른 한 손에는 칼자루를 쥐고 있었다. 일어선 모습을 보니 참으로 건장한 대장부였다. 마치 산이 일어서는 모습이었다.

"저 말씀입니까?"

유비는 다시 한 번 사내를 살펴보았다. 사내는 시커먼 수염 속에 감춰진 붉은 모란 같은 입을 크게 벌려 웃었다. 목소리만 들어서는 나이 차이가 얼마 나지 않을 것 같았으나 사내는 머리에서 턱까지 수염이 빼곡하게 덮여 있었다.

"읽었습니다만."

유비가 짧게 대답했다.

"그렇게 오래도록 방을 바라봐 놓고는 아직도 생각 중이신가?"

사내는 술을 파는 사람에게 동전과 술잔을 건네주고 성큼성큼 유비를 향해 다가왔다.

"이보시오, 수염을 길렀다고 나를 못 알아보겠소?"

그 말을 듣고도 유비는 사내를 알아보지 못했다. 그러다 문득 사내가 허리에 차고 있는 칼을 보고 자신도 모르게 소리를 질렀다.

"아아, 생명의 은인! 생각났습니다. 제가 황하에서 황건적에게 잡혀 목숨을 잃을 뻔한 것을 도와주었던 장비님이 아니십니까?"

"하하, 맞습니다. 제가 바로 그때의 장비입니다."

장비가 손을 뻗어 유비의 손을 덥석 쥐었다. 그의 손은 쇠뭉치처럼 단단했고 유비의 손을 쥐고도 다섯 손가락이 그대로 남을 만큼 컸다.

"은인의 얼굴을 알아보지 못하다니 부디 제 죄를 용서하여 주십시오."

"이렇게 정중히 대해 주시니 황송할 따름입니다. 제가 장난이 짓궂었지요? 우리 서로 없던 일로 합시다."

"네, 좋습니다. 그런데 장비님은 이 성안에 살고 계십니까?"

"아닙니다. 얘기를 하자면 길어지지만 전에도 말씀드린 것처럼 황건적에게 빼앗긴 성을 어떻게든 되찾으려 민간에 숨어 있다 군대를 일으키고 또 패하면 민간으로 숨어들고……. 그렇게 몇 번이고 일을 꾀해 봤으나 황건적의 세력은 더욱 커져만 갔습니다. 요즘에는 그들에 맞설 수조차 없게 되었습니다. 그래서 얼마 전부터는 여기 탁현으로 흘러들어와 멧돼지를 잡으며 고기를 시장에 내다 팔아 목숨을 이어 가고 있습니다. 이제 저도 기운이 빠져 초라한 몸이 되고 말았습니다."

"아, 그랬군요. 저는 전혀 모르고 살았습니다. 그런데 어째서 제 집으로 찾아오지 않으셨습니까?"

"그렇지 않아도 꼭 상의할 이야기가 있어 한번 뵙고 싶었는데 여기서 이렇게 만나게 되는군요. 그나저나 황건적 토벌군을 모집한다는 글을 보고 무슨 생각이 드셨습니까?"

"황건적 때문에 세상이 어지럽다는 거야 잘 알지만 저야 홀어머니조차 제대로 봉양하지 못하는 몸이라……."

유비는 하릴없이 보낸 몇 년이 부끄러웠다.

"다른 사람이라면 모르겠지만 제게는 솔직히 말씀하셔도 됩니다.

저는 귀공을 평범한 백성으로 보지 않습니다."

장비는 검은 수염으로 불어오는 바람을 맞으며 검을 차고 있던 허리띠를 풀었다.

"이 칼 기억하시지요?"

장비는 칼자루를 쥐고 유비의 얼굴 앞으로 들이밀었다.

"이것은 지난번 귀공께 받은 칼입니다. 또한 제가 갖고 싶어 하던 칼이기도 했습니다. 하지만 언젠가 귀공을 다시 만나면 이 칼을 돌려드리려고 했습니다. 이것은 저 같은 놈이 가지고 있을 만한 칼이 아니기 때문입니다."

"……."

"보세요. 한번 휘둘러 바람을 가르면 칼이 윙윙 웁니다. 으스름한 달밤에 별을 향해 칼을 높이 들어 올리면 구름 같은 빛의 반점들이 칼의 눈물처럼 보입니다."

"……."

"이 칼은 살아 있는 물건입니다. 이 칼은 제게 호통칩니다. 언제까지 나를 이렇게 쓸모없이 가둬 둘 것이냐고요. 유비 나리, 거짓이라고 생각하신다면 지금 바로 칼의 목소리를 들려 드릴까요? 칼의 눈물을 보여 드릴까요?"

"아!"

장비가 칼을 뽑아 휙 하고 가을바람을 갈랐다. 그야말로 칼의 목소리가 들려왔다. 그 소리가 심장을 뚫는 듯 유비의 가슴에 쿵 박혔다. 그래도 유비는 장비로부터 칼 받기를 망설였다.

"안타깝습니다. 아무리 대단한 칼이라 해도 그것을 찰 사람이 없으니 말입니다. 이 칼은 이제 소용이 없습니다."

장비가 다리 밑으로 칼을 던지려는 순간이었다. 유비가 놀라 달려들어 장비의 팔을 붙잡았다.

"잠깐 기다리십시오."

유비의 가슴이 뛰었다. 알 수 없는 기운이 유비의 몸을 휘감았다.

"바람에도 귀가 있고 물에도 눈이 있습니다. 큰일을 이런 길에서 논할 수는 없습니다. 그리고 제가 무엇을 숨기겠습니까? 저는 한나라 황실의 후손입니다. 그러한 제가 혼란스러운 세상에 어찌 발을 만들고 멍석만 짜면서 아무 생각 없이 지낼 수 있겠습니까?"

유비가 목소리를 낮추며 천천히 말했다.

"그랬군요! 이 장비의 눈은 틀림없습니다."

장비가 덥석 무릎을 꿇고 앉아 유비에게 칼을 건넸다.

"유비님, 조만간에 댁으로 꼭 찾아가겠습니다."

유비에게 칼을 전해 준 장비가 머리를 조아리며 말했다. 유비는 자신이 차고 있는 칼을 장비에게 풀어 주고 자신은 장비로부터 되돌려 받은 칼을 찼다. 그렇게 하자 뜨거운 기운이 유비의 몸을 불덩이처럼 달궜다.

"기다리겠습니다. 언제라도 오십시오."

유비가 씩씩하게 자리를 떴다.

'사람에게 타고난 성품은 감출 수가 없는 것이로구나. 참으로 귀공자다운 품격이 있구나.'

장비는 홀로 다리 위에 남아 멀어지는 유비의 뒷모습을 보며 중얼거렸다.

'그래, 얼른 이 사실을 직접 형님에게도 알려야지.'

한동안 넋을 놓고 있던 장비가 정신을 차리고 버드나무에 둘러싸인 집을 향해 달려갔다.

"관우 형님, 벌써 자는 거요?"

쩌렁쩌렁한 장비의 목소리가 집을 흔들었다. 불빛이 희미하게 비치는 창문을 열고 관우가 나왔다. 관우는 장비에게 지지 않을 만큼 키가 크고 가슴이 넓었다. 게다가 장비만큼이나 얼굴이 수염으로 덮였다. 다른 것이 있다면 턱수염이 가슴까지 곧게 뻗어 있다는 점이었다.

"장비인가?"

관우가 침착하게 물었다.

"그래, 나요."

장비가 숨을 헐떡이며 대답했다.

"무슨 일인가, 늦은 시간에."

털이 억센 사람일수록 성격이 우락부락하고 신경이 거칠다는데 관우는 성격이 차분한 듯 했다. 관우의 눈은 봉황의 눈을 닮았으며 귓불은 두툼했다. 행동이 의젓했고 말하는 것이 부드러웠다.

"물론 밤이 늦은 줄은 알지만 한시라도 빨리 전하고 싶은 기쁜 소식이 있어서 왔소."

"또 그걸 핑계로 술 마시자는 건 아닌가?"

"무슨 소리를 하는 거요? 날 술꾼으로만 봐서는 안 되지요. 내가 술을 마시는 건 울분을 떨치기 위해서요. 뭐, 지금 술이 있으면 더 좋긴 하겠지만요."

"그런가? 몰라 봐서 미안하네. 하하하하. 어쨌든 들어오게."

관우가 넉넉하게 장비를 달래 주었다. 벽에는 공자와 그 제자들의 그림이 걸려 있었다. 책상도 여러 개 놓여 있었다. 이곳은 마을의 서당이며 관우는 마을 아이들의 훈장이었다.

"우리의 꿈이 이제 슬슬 현실이 되어 갈 것 같소. 실은 오늘 유비라는 사람을 시장에서 우연히 만났지 뭐요. 서로 이야기를 나누다가 그가 한나라 황실의 후손이라는 사실을 알게 되었소. 유비는 매우 영리한 청년이 틀림없소이다. 자, 그럼 지금 바로 그의 집을 찾아가 봅시다."

장비가 숨도 쉬지 않고 말했다.

"그 서두르는 성격은 여전하군."

관우는 그저 웃기만 할 뿐 장비가 재촉해도 좀처럼 자리에서 일어나지 않았다.

"뭐가 여전하다는 거요?"

장비가 대들 기세로 되물었다.

"처음 찾아가는 집인데 한밤중에 가는 건 예의가 아니지. 자네의 성격은 잘 알지만 대장부라면 조금 더 진중한 태도를 보였으면 하네."

"관우 형님, 혹시 내 말을 못 믿는 거 아니오? 큰 뜻을 품은 사내라면 좀 더 적극적으로 일을 밀어붙여야지 이게 뭐요?"

"내 생각은 다르네. 어떤 사람인 줄 알고 함부로 만나려고 하는

가? 자네는 어찌 그리 바보처럼 순진하기만 한가?"

"내가 어째서 바보처럼 순진하다는 거요?"

"평소에도 사람들에게 늘 속기만 하지 않는가?"

"나는 사람들에게 속은 기억이 없소."

"속아도 속은 줄 모를 정도로 자네는 사람이 좋아. 무술이 뛰어나면 뭐 하나? 생각이 깊지 못하고 성격이 급하니까 늘 생활에 쪼들리지 않는가. 좋지 않은 사람이라는 오해를 사기도 하고."

"형님, 나는 오늘 밤 잔소리를 들으러 온 게 아니오."

"자네와 나는 서로 큰 뜻을 밝히고 형과 동생이 되기로 하지 않았는가. 형으로서 동생의 단점을 보고도 어찌 걱정하지 않을 수 있겠는가? 게다가 비밀 중의 비밀로 삼아야 할 큰 뜻을 두어 번 만난 사내에게 얘기하는 것은 그다지 좋은 일이 아닐세."

관우의 말에 장비는 풀이 죽었다. 관우는 장비를 가엾게 여기며 술을 내주었다.

"오늘 밤은 마시지 않겠소."

그러나 장비는 좋아하는 술도 마시지 않고 그냥 잠자리에 들었다.

다음 날 해가 뜨자 글공부를 하기 위해 마을 아이들이 왁자지껄 모여들었다.

"나는 이제 그만 가 보겠소. 조무래기 애들이랑 잘 지내슈."

장비는 그때까지 마음이 안 풀려 쌩하니 화를 내며 홀로 유비의 집으로 향했다.

복숭아나무 아래서 의형제를 맺다

유비와 어머니는 안뜰에서 부지런히 멍석을 짰다. 어젯밤 유비는 시장에서 돌아오자마자 어머니에게 두 가지 좋은 소식을 전했다. 좋은 친구 하나를 만난 일과 칼을 되찾은 일이었다. 그러자 어머니가 크게 기뻐하며 목소리를 낮춰 말했다.

"네게도 드디어 때가 온 듯하구나. 유비야, 마음의 준비는 되었느냐?"

길고 긴 겨울을 지나온 복숭아밭 나무들도 드디어 꽃망울을 터뜨렸다. 생명이 있는 것 중에서 싹을 틔우지 않은 것은 하나도 없었다.

그때 장비가 유비의 집 쪽문을 열고 들어섰다. 장비가 발을 내딛을 때마다 땅이 쿵쿵 울렸다. 유비가 장비를 보고는 반가워하며 벌떡 일어났다.

"어머니, 이분이 어제 뵈었던 장비님입니다."

"오오."

유비의 어머니가 일어나 장비와 인사를 나누었다.

"유비에게서 얘기 들었습니다. 듣던 대로 한눈에 보기에도 과연 늠름한 대장부십니다. 우리 유비와 힘을 모아 큰일을 이루시기 바랍니다."

"네, 걱정 마십시오. 사내대장부가 품은 뜻인데 무슨 일이 있어도 반드시 이루고 말겠습니다."

장비가 어머니에게 큰 소리로 말했다.

"그럼, 천천히 말씀 나누십시오."

어머니는 집 안으로 들어가고 대신 장비가 어머니가 앉았던 의자에 걸터앉았다.

"사실 제게는 의형제를 맺은 관우 형님이 계십니다. 어젯밤 찾아가 귀공에 대한 얘기를 했는데 형님은 의심만 하지 뭡니까. 어렵겠지만 귀공께서 저와 함께 형님 집으로 가 주시면 형님이 제 말을 믿을 것입니다."

"글쎄요……."

유비는 생각에 잠겼다. 믿지 않는 사람에게 억지로 자신을 믿으라고 하는 것도 그다지 내키지 않는 일이었다. 그러자 안채*에서 어머니가 말했다.

"유비야, 다 때가 있는 법이다. 사소한 일에 신경 쓰지 말고 장비님 말씀대로 다녀오도록 해라."

안채 옛날 집에서, 다른 집채보다 더 안쪽에 있던 집채.

망설이던 유비는 어머니의 말에 결심을 하고 자리에서 일어났다.

"네, 어머니. 그럼 가기로 하겠습니다."

울타리 밖으로 나오자 길 저편에서 병사 백여 명이 장비를 향해 달려왔다.

"아, 또 귀찮게 하는군."

장비가 얼굴을 찡그리며 중얼거렸다.

"무슨 일입니까."

유비가 놀라 물었다.

"이 장비를 잡으러 온 것 같습니다. 저놈들을 내가 금방 처리할 테니 옆에서 잠깐 쉬며 구경이라도 하십시오."

그 사이 병사들이 몰려와 장비와 유비를 포위했다. 그러나 장비의 모습이 워낙 험상궂어 섣불리 덤벼들지는 못했다. 병사들은 활을 겨누고 언제든지 화살을 날릴 듯 기회를 보고 있었다. 어떤 병사는 창을 던지려고 장비를 겨누었다. 그때였다.

"멈춰라, 멈춰!"

갈색말 한 마리가 병사들을 향해 무섭게 달려왔다. 병사들이 물이 갈라지듯 양쪽으로 물러섰다. 관우였다. 가슴까지 내려오는 관우의 검은 수염이 말갈기처럼 흩날렸다. 말과 한 몸이 된 관우는 마치 한 마리의 말처럼 보였다. 관우의 허리에서는 옥으로 만든 칼의 고리가 짤랑거렸고 손에 든 붉은 술이 달린 채찍은 언제든 바람을 가를 듯했다.

"여러분, 기다리시오."

관우는 말에서 뛰어내렸다. 그러고는 병사에게 둘러싸인 장비와 유비의 앞에 두 팔을 크게 벌리고 서서 말했다.

"나는 서당의 훈장이오. 나라의 주인을 귀히 여기고 법령을 스스로 지키고 있으며 제자들에게도 그렇게 가르치고 있소. 여기에 있는 장비는 나와 의형제를 맺어 아우가 되는 사람이오. 장비가 정말 잘못이 있다면 내가 잡아다 태수*님에게 끌고 가겠소."

관우가 달려들어 장비의 두 손을 뒤로 돌려 묶었다. 그러더니 밧줄에 묶어 땅바닥에 꿇어앉혔다.

"여러분, 보셨소?"

관우가 어리둥절해 하는 병사들을 둘러보며 말했다. 병사들은 관우가 장비와 한편인 줄 알고 경계하고 있었는데 자신들의 일을 도와주니 무슨 영문인 줄 몰라 얼떨떨했다.

"자, 이제 당신들은 먼저 돌아가시오. 그래도 여전히 나를 믿지 못하겠다면 하는 수 없소. 밧줄을 풀어 이 성난 호랑이를 풀어놓을 수밖에요. 자, 어쩌겠소."

관우가 금방이라도 장비를 풀어 놓을 듯 움찔거렸다. 그러자 병사들은 아무 말도 하지 않고 쏜살같이 달아나 버렸다.

사람들이 모두 떠난 뒤 관우는 장비를 묶었던 밧줄을 풀면서 이야기하였다.

"얌전히 있어 줘서 고맙네. 자네를 구하기 위해 어쩔 수 없었지."

태수 옛날 후한의 지방 관리 중 하나.

"무슨 말씀이오. 화가 나서 또 쓸데없이 사람을 죽일 뻔했는데 형님 덕분에 다행이오."

장비도 공손하게 관우에게 인사를 했다.

"그런데 형님, 그 차림은 또 뭐요? 나를 돕기 위해서라지만 지나치게 과한 것 아니요?"

장비가 관우의 차림을 이상히 여기며 물었다.

"자네야말로 무슨 소린가? 어젯밤에 흥분하며 때가 왔다, 좋은 벗을 얻었다, 예전에 했던 약속을 이제는 실행에 옮길 때가 왔다는 등을 말하지 않았나? 그리 말한 것은 거짓이었단 말인가?"

"거짓은 아니었으나 형님은 거기에 반대하지 않았소? 내가 하는 말은 하나도 안 믿었잖소?"

"그건 상황이 그렇지 않았는가? 하인도 있고 아낙도 있고 말일세. 비밀이라면서 목소리가 그렇게 커서야 되겠는가. 자네의 말이 밖으로 새어 나가서는 안 되겠다고 생각했기에 우선은 냉담하게 듣는 척한 게야. 나도 자네만큼 이 나라를 위해 무슨 일이든 하고 싶어 한다네."

역시 관우는 생각이 깊었다. 옆에서 들으니 사이좋은 형제가 티격태격하는 듯했다. 서로에 대한 흉을 보고 있지만 새겨들으면 서로를 위하는 마음이 훤히 드러났다. 유비는 조금 떨어진 곳에 서서 장비와 관우를 부러운 눈길로 쳐다보고 있었다.

"뭐하고 있는 가. 어서 유비라는 사람을 찾아가야지."

관우가 장비의 어깨를 툭 치며 재촉했다.

"하하하. 유비님은 벌써 여기에 왔소. 같이 관우 형님을 찾아 가려는 길이었소."

장비는 턱으로 유비를 가리켰다. 유비는 병사들을 피해 뒤로 물러났던 자신이 몹시 창피했다.

"처음 뵙겠습니다. 저는 관우라 합니다. 몇 년 전부터 마을에서 훈장질을 하며 세월만 보내고 있습니다. 전부터 은밀히 마음에 두고 있었는데 뜻밖에 이렇게 뵙게 되어 기쁘기 그지없습니다. 부디 저를 받아 주시기 바랍니다."

관우가 먼저 유비에게로 다가가 예를 갖춰 정중하게 인사를 했다.

"저도 인사가 늦었습니다. 저는 오래전부터 누상촌에서 살고 있는 유비라고 합니다. 이곳은 길가이니 누추하지만 바로 저기 복숭아밭으로 가시지요."

"네, 그러시지요."

관우와 장비는 유비를 따라갔다. 세 사람은 복숭아나무 아래 탁자에 둘러앉았다. 심상치 않은 기운이 세 사람을 감쌌다. 특히 유비 주위에 빛이 몰려들어 점점 환해졌다.

"유비 나리를 우리의 주군*으로 모시고 싶습니다."

갑자기 관우가 유비에게 머리를 조아리며 허리를 숙여 인사 했다.

"좋소, 형님! 그건 나도 생각했던 일이오. 당장 이 자리에서 유비님을 주군으로 모시기로 맹세부터 합시다."

주군 본래 한 나라의 임금을 가리키며, 이 부분에서는 유비를 한 무리의 우두머리로 받들겠다는 뜻으로 쓰임.

장비가 신이 나서 맞장구를 쳤다.

"유비 나리, 우리 둘의 소망입니다. 들어주시기 바랍니다."

관우와 장비가 입을 모아 말했다.

"아직 저는 자질이 없다고 생각합니다. 맹세는 우리가 성 하나를 차지한 뒤에 맺기로 하고 일단 여기서는 셋이서 부담 없이 의형제를 맺는 게 어떻겠습니까?"

유비가 두 손을 내저으며 말했다.

"좋습니다. 장비, 너는 어떠냐?"

관우가 장비를 바라보며 물었다.

"다른 무슨 말이 필요하겠습니까."

장비가 크게 기뻐하며 관우의 손을 잡았다. 이어서 셋은 손과 손을 잡아 흔들며 기뻐했다.

"그러면 유공께서 우리의 큰 형님이 되어 주십시오."

관우가 유비에게 말했다. 나이로 치면 관우가 첫째, 유비가 둘째 그리고 장비 순서였다. 그런데도 관우가 유비에게 큰 형님 자리를 양보한 것이다.

"꼭 그렇게 해 주십시오. 싫다고 해도 우리가 큰 형님으로 받들 것입니다."

장비도 거들었다.

"두 분의 뜻이 그렇다면 그리합시다."

유비가 사양을 하다 어쩔 수 없이 허락을 했다.

"그럼, 영원히."

"변치 말기를."

"변하지 않으리라."

세 사람은 복숭아나무 아래서 형제의 잔을 나누었다. 그리고 힘을 합쳐 나라와 백성을 구하자고 다짐했다.

삼 형제는 일단 같은 뜻을 가진 청년들을 모아 군대를 꾸리기로 마음을 모았다. 사흘 동안 팔십여 명이 모였다. 기대 이상으로 많은 사람이 모인 것이다. 하지만 황건적과 맞서 싸울 말과 무기가 없었다.

그러던 어느 날이었다. 상인 둘이 말 오십 마리를 끌고 언덕을 넘어오고 있었다. 관우는 부하들을 데리고 서둘러 언덕으로 달려갔다.

"여기 모인 우리는 황건적을 물리치고 어지러운 나라를 바로잡으려고 큰 뜻을 세웠소이다. 다만 우리한테는 말과 무기가 부족하오니 부디 우리가 뜻을 펼칠 수 있게 도와주시옵소서."

관우는 상인들에게 정중하게 부탁했다. 처음에는 황건적인줄 알고 긴장을 하던 상인들이었다. 그러나 관우에게서 풍기는 기운에 의심을 풀었다.

"좋소이다. 나는 얼마 전까지 중산에서 제일가는 상인이었소. 하지만 장각 무리가 내 재산을 다 빼앗아 갔소이다. 그뿐 아니라 아내와 딸까지 짐승 같은 놈들한테 뺏기고 말았소. 여기 이 말들은 물론 철 천 근과 옷감 백 필과 금은 오백 냥을 드릴 테니 꼭 싸워 원한을 갚아 주시오."

상인은 가지고 있는 모든 것을 내놓았다.

"고맙습니다. 꼭 원한을 갚아 은혜에 보답하겠습니다."

관우는 부하들과 함께 말을 끌고 바로 유비에게로 달려갔다. 유비와 장비도 관우의 이야기를 전해 듣고 무척 기뻐했다.

"하늘이 우리를 돕는구나."

장비는 서둘러 대장장이*를 불러 상인이 준 철을 가지고 갑옷과 무기를 만들게 했다. 드디어 두 자루의 칼인 유비의 쌍고검과 몇 척이나 되는 장비의 장팔사모, 수십 근*이나 되는 관우의 청룡도와 병사들이 쓸 무기와 갑옷이 완성되었다. 그사이 병사도 이백 명으로 늘어났다.

"어머니, 다녀오겠습니다."

유비는 갑옷에 쌍고검을 차고 어머니에게 인사를 올렸다. 삼 형제는 병사를 이끌고 길을 떠나게 되었다. 유비의 어머니는 뽕나무 아래 서서 오래도록 그들의 뒷모습을 지켜보았다.

유비의 군대가 탁현 유주성에 도착할 무렵 병사들의 수는 오백 명으로 늘어났다. 그러나 탁현 부근에서 날뛰는 황건적은 오만 명이 넘었다.

"태수님, 저희가 힘을 보태 싸우겠습니다."

유비가 부하들을 이끌고 당당하게 유주 태수 앞에 섰다. 유주 태수 유언은 크게 기뻐하며 유비의 손을 잡았다.

"이렇게 어려운 때에 뜻을 모아 주다니 이는 하늘의 도움이라 하

대장장이 쇠를 달구어 칼, 농기구 같은 도구를 만드는 사람. | **근** 1근은 600g이다.

지 않을 수 없소. 유비 장군이 맨 앞에서 지휘를 해 주시오."

유주 태수 유언이 유비에게 지휘권을 주었다. 유비의 병사와 유주 태수의 군사들이 합쳐졌다. 드디어 싸움을 벌일 준비가 되었다. 황건적과의 첫 싸움을 앞두고 유비의 군대는 자신감이 하늘을 찔렀다. 하지만 오만 명의 황건적 무리가 산골짜기와 계곡에 진을 치고 있었다.

유비의 군대는 곧바로 북을 울리고 함성을 지르며 적을 향해 나아갔다. 적은 산 중턱에서 철궁을 쏘고 돌을 쏟아부었다.

"놈들은 숫자도 얼마 되지 않고 오랫동안 훈련을 쌓은 관군으로도 보이지 않는다. 한 놈도 남김없이 죽여라!"

황건적 대장의 명령에 무리들이 말을 타고 한꺼번에 달려 나왔다. 유비는 양쪽에 관우와 장비를 거느리고 적을 향해 돌진했다. 아무리 숫자가 많은 황건적이었지만 관우와 장비가 있어 든든했다.

"자, 준비가 되었다. 덤빌 테면 덤벼라!"

유비가 적진을 향해 소리 질렀다. 기다렸다는 듯 적의 장수가 창을 곧추 들고 달려 나왔다.

"네 이놈!"

기다리던 장비가 벼락을 때리듯 뛰쳐 나갔다. 이어 이빨 모양을 한 기다란 장팔사모를 휘둘러 적의 장수를 단번에 베었다. 이번에는 적의 대장이 유비를 향해 달려들었다. 그때 관우가 재빠르게 나섰다.

"애송이 같은 놈, 어찌 죽음을 서두르느냐!"

관우가 허공을 가르며 청룡도를 휘둘렀다. 곧 적의 대장과 말이 피를 내뿜으며 쓰러졌다. 적은 두 장수가 목숨을 잃자 산속 계곡으로 도망쳤다. 유비의 군대는 그들을 뒤쫓으며 계속해서 싸웠다.

유비 군대의 완전한 승리였다. 싸움에서 만여 명의 적이 목숨을 잃었고 항복한 적들이 수두룩했다. 항복한 적들은 곧이어 마음을 바꿔 아군이 되었다.

태수 유언이 유비의 군대를 위해 잔치를 벌였다. 그런데 병사와 말을 쉬게 할 틈도 없이 청주성에서 사신이 달려왔다.

"큰일입니다. 황건적 무리가 청주성을 구름 떼처럼 둘러싸고 있습니다. 바로 군대를 지원해 주십시오."

유비가 앞으로 나아가 말했다.

"제가 가서 청주성을 구하겠습니다. 허락해 주십시오."

태수 유언이 기뻐하며 즉시 허락을 했다. 태수 유언은 유비의 군대에 데리고 있던 장군 추정을 합세시켰다. 그리고 오천 명의 병사를 지원했다. 첫 싸움을 승리로 이끈 유비의 군대는 날개를 단 듯 펄펄 날았다. 그렇게 내달려 청주의 들판에 도착하니 적 수만 명이 누런 깃발을 줄줄이 세워놓고 있었다. 그 깃발들이 하늘의 해를 가릴 정도였다.

"적은 수로 많은 적을 물리치려면 병법*을 따르는 수밖에 없습니다."

관우가 한 가지 꾀를 냈다.

병법 군사를 다스려 전쟁하는 방법.

유비와 추정이 선발대가 되어 적을 공격하다가 도망치는 척하며 적을 꾀어 관우와 장비가 숨어 있는 골짜기까지 적을 끌어들이는 작전이었다. 관우의 예상은 딱 맞아떨어졌다.

적의 군대는 유비와 추정을 쫓아 험한 골짜기까지 오게 되었다. 황건적 무리는 숨어 있던 관우와 장비가 이끄는 병사들에게 전멸하고 말았다.

청주 태수는 유비의 군대에 큰 상을 내리고 잔치를 열었다.

"이렇게 도와주지 않았다면 성안이 불바다가 되었을 것이오. 마음껏 먹고 마시고 즐기시오."

삼 일 내내 잔치가 이어졌다. 마침내 추정이 유비를 향해 말했다.

"이제 우리는 유주로 돌아가야 합니다. 함께 가시지요."

그러나 유비는 추정의 부탁을 들어 줄 수 없었다. 유주에서도 승리를 했고 청주에서도 승리를 한 유비였다. 유비는 좀 더 넓은 세상으로 나아가 더 많은 백성들을 구하고 싶었다. 이미 소문으로 들은 일이 있어서였다.

"저는 노식 선생님에게 처음으로 글을 배웠고 병법의 가르침을 받았습니다. 요즘 소문을 듣자니 노식 선생님이 중랑장이라는 벼슬을 맡아 저 멀리 산동성에서 황건적의 우두머리인 장각의 군대와 전쟁을 벌이고 있다 합니다. 틀림없이 어려운 상황에 놓여 있을 게 불 보듯 뻔합니다. 그곳으로 가서 스승의 은혜에 조금이나마 보답하고 싶습니다."

유비가 추정에게 정중하게 말했다.

“알겠습니다. 유주로 돌아가 저희 태수님께 잘 말씀드리겠습니다. 먼 길을 가셔야 할 테니 남은 식량과 무기들을 가져가십시오.”

추정은 유비의 뜻을 받아들여 유비를 더는 붙잡지 않았다.

불타오르는 전쟁터로 나간 삼 형제

유비의 스승인 중랑장 노식은 오만 명의 관군*을 이끌고 있었다.

"뭐? 유비가 나를 찾아왔다고?"

"그렇습니다. 관우와 장비라는 두 장군을 데리고 오백 명의 군대를 이끌고 왔습니다."

"십 년 전에 멍석 장수였던 소년이 벌써 커서 훌륭한 청년이 되었구나."

노식은 곧바로 안으로 들이라고 명령했다.

잠시 뒤 유비가 들어오자 노식은 유비를 한눈에 알아봤다.

"소년 시절에 만난 보잘것없는 스승을 떠올리다니. 참으로 고마운 일이구나."

"선생님께서 나라에 큰 공을 세우고 계시다는 소식을 듣고 멀리

관군 나라에서 직접 관리하고 다스리던 정규 군대.

서나마 기뻐했습니다. 저도 힘을 보태고 싶습니다."

"그래, 고맙다. 지금 하남성 쪽에서 장각의 동생인 장보와 장량이 이끄는 적군을 상대로 황보숭과 주전 장군이 싸우고 있다. 유비 네가 관군과 함께 싸워 이겨 다오."

유비는 자신의 병사 오백 명에 노식이 준 병사 천 명을 더해 병사 천오백 명을 이끌고 하남성으로 향했다.

유비는 전쟁터에 도착하자마자 관군의 장수 주전을 만났다.

"싸움을 도우러 왔습니다."

"으흠, 어디서 굴러먹다 온 잡군인가."

주전은 난데없이 나타난 유비의 군대를 무시하며 냉담하게 맞이했다.

"어쨌든 열심히 싸우길 바라네. 공을 세우면 관군이 될 수도 있고 시골에 조그마한 벼슬자리라도 받을지 모르니까 말이네."

주전의 비아냥은 계속 되었다.

"사람을 뭐로 보고 이러시오!"

성질 급한 장비가 버럭 화를 냈다. 유비와 관우는 그런 장비를 타일러 싸움터로 나갔다. 비록 푸대접을 받았지만 어쨌든 같은 편이었다. 황건적의 무리를 같이 물리쳐야 할 처지인 것이다. 유비는 적군의 동태를 살피고 깊은 생각에 잠겼다.

그날 밤 장비와 관우는 유비가 시킨 대로 일부 병사를 적군 뒤편으로 돌아가게 했다. 남은 병사들을 데리고 유비는 들판을 기어 적군이 있는 곳 가까이 다가갔다. 그런 다음 적군을 향해 횃불을 내던

지며 공격을 시작했다.

잠을 자다 갑자기 공격을 받은 적군은 우왕좌왕했다. 풀에 불이 붙고 막사도 불에 타고 허겁지겁 도망가는 적병의 옷도 불이 붙어 활활 타올랐다. 그래도 적군의 저항은 거셌다. 잘못하다가는 적군에게 밀릴 판이었다.

그때 멀리서 붉은 깃발을 휘날리며 병사들이 달려왔다. 마치 들판에 바람을 타고 불길이 번지는 듯했다. 가장 앞장서서 달려오는 장군의 투구와 갑옷과 칼은 불꽃보다 더 새빨갰다.

당황한 황건적의 무리가 뿔뿔이 흩어지기 시작했다.

"한 놈도 남기지 마라. 끝까지 쫓아가 물리쳐라!"

붉은 옷을 입은 장군이 군사들에게 명령했다.

"당신들은 아군인가? 적군인가?"

관우가 그들을 향해 큰 목소리로 외쳤다.

"우리는 낙양에서 온 오천 명의 관군이다. 너희야말로 황건적이 아니더냐?"

그때 유비가 한 발 앞으로 나아가 말했다.

"저는 탁현에서 온 유비라고 합니다. 관군을 도와 황건적의 무리와 싸우는 중입니다. 장군의 이름을 말씀해 주십시오."

낙양에서 온 장군이 가까이 다가왔다. 붉은 투구를 쓰고 붉은 갑옷을 입은 장군의 피부는 눈에 띄게 희었다. 또한 눈은 가느다랗고 수염은 길었다. 그는 조용한 목소리로 자신의 이름을 밝혔다.

"저는 안휘성 출신으로 조조라고 합니다. 나라의 명을 받아 병사

들을 이끌고 달려왔습니다. 먼저 공격을 해 준 덕분에 손쉽게 도망치는 적군의 목을 칠 수 있었습니다. 서로 양쪽 군대를 합해 힘차게 싸우도록 합시다."

"좋습니다. 그럼 조조 장군께서 창을 들어 군대를 지휘해 주십시오."

유비가 겸손하게 말했다.

"아니, 그럴 수는 없습니다. 오늘 밤 승리는 모두 유비 장군 덕분이니 유비 장군께서 군대를 지휘하셔야 합니다."

조조도 양보했다.

"그럼 함께 군대를 지휘합시다."

"그렇다면, 좋습니다."

유비와 조조는 하나가 되어 군대를 이끌며 들판을 뒤흔들었다.

들불은 점점 번져 갔고 적군이 숨을 땅은 손바닥만큼도 남지 않았다. 적의 군대는 가을바람에 흩날리는 나뭇잎처럼 사방으로 흩어졌다. 하지만 총대장인 주전은 유비의 공을 달가워하지 않았다.

"모여 있던 적군을 사방으로 흩어 놓았으니 놈들은 틀림없이 곳곳에 숨은 무리들과 합세해 노식 장군 쪽을 공격할 걸세. 너희들은 당장 노식 장군이 있는 곳으로 가서 싸우게."

주전은 상을 내리기는커녕 쉴 틈도 없이 유비의 군대를 내쫓았다.

"괘씸하군. 아무리 관군의 대장이라지만 기껏 고생하며 싸운 사람들한테 할 소리는 아니지. 큰 형님 성격이 좋으니까 우습게 보는 거야. 내가 가서 가만두지 않겠어."

장비가 장팔사모를 꺼내 들고 주전에게 달려가려 하자 관우가 말렸다.

"이런 식으로 화를 내면 지금까지 쌓은 공이 모두 물거품이 되고 말아. 원래 도읍*에 사는 놈들은 자기가 가장 잘난 줄 알지. 나라를 위해 싸우면서 작은 일에 화를 내는 건 어리석은 짓이야."

관우의 말에 장비도 화를 누그러뜨렸다.

유비는 병사들에게 음식을 나눠 주고, 잠시라도 눈을 붙이게 했다. 그는 한밤중에 그곳을 떠나기로 마음먹었다.

노식 장군이 있는 곳으로 돌아가던 중 관우가 한숨을 내쉬며 말했다.

"낙양에서 나고 자란 벼슬아치들은 자기밖에는 모르지. 황건적을 모조리 없앤다 해도 탐관오리*들이 있는 한 좋은 세상은 오지 않을 거야."

관우의 말에 장비가 맞장구쳤다.

"맞는 말이오. 주전 같은 놈들 때문에 갈 길이 멀고 험한 것 아니겠소."

조금 앞서서 말을 몰고 가던 유비가 두 사람의 이야기를 듣고 뒤돌아보았다.

"이보게들, 낙양의 장군 중에도 훌륭한 인물이 있지. 이번 싸움에서 만난 조조 장군만 봐도 존경할 만한 인물이 아닌가."

도읍 한 나라의 수도. | **탐관오리** 백성의 돈과 물건을 빼앗는, 깨끗하지 못한 관리.

유비의 말에 관우와 장비는 고개를 끄덕였다. 그때 저 멀리에서 한 무리의 사람이 다가오고 있었다.

"나라의 깃발을 달고 있어."

"아, 관군이로군. 삼백 명쯤 되어 보이는데."

"그런데 좀 이상해. 철창 안에 갇혀 있는 건 뭐지? 곰이라도 잡아가는 건가?"

가까이에서 보니 철창 안에 한 사람이 무릎을 꿇은 채 얼굴을 숙이고 있었다.

"이보시오. 우리는 주전 장군을 도와 싸우고 돌아가는 유비 장군과 그의 부하들이오. 황건적의 우두머리인 장각이라도 잡아가는 것이오?"

관우가 관군의 대장을 향해 물었다.

"아닙니다. 저 철창에 갇힌 죄인은 중랑장 노식입니다."

"뭐? 노식 장군?"

옆에서 듣던 유비가 깜짝 놀라 되물었다.

"그렇습니다. 자세한 사정은 모르지만 새로 부임한 좌풍경께서 전국의 군대를 시찰하던 중에 노식의 군대에 문제가 있다고 판단하셨습니다. 그래서 노식의 관직을 박탈하고 죄인으로 잡아 도읍으로 끌고 가는 것입니다."

"아, 어떻게 그런 일이……."

유비는 한숨 섞인 말로 중얼거렸다. 그러고는 곧바로 말에서 내려 철창으로 다가갔다.

"선생님, 선생님. 유비입니다. 이게 대체 어찌 된 일입니까?"

그 소리에 노식이 기운을 차리고 눈을 번쩍 떴다.

"얼마 전 좌풍이라는 자가 군대를 시찰하러 왔지. 세상일에 어두운 나는 다른 장군들과 달리 좌풍에게 아무것도 바치지 않았단다. 그러자 좌풍이 뇌물*을 달라고 말하더구나. 무기를 살 돈도 부족하다며 거절했더니 자신을 모욕했다며 나를 죄인으로 몰아붙여 이 모양 이 꼴이 되었단다."

노식은 눈물을 흘리며 이어 말했다.

"낙양의 벼슬아치들이 자신의 이익에만 눈이 어두워 황제도 생각하지 않고 백성도 돌보지 않으니 참으로 걱정스럽구나. 아, 이 세상이 어떻게 되려는지……."

유비는 철창을 사이에 둔 채 노식의 손을 굳게 잡았다.

"아무리 세상이 어지럽다 해도 죄 없는 사람이 벌을 받고, 악인이나 간신이 멋대로 날뛰는 일은 없어야 합니다. 곧 누명*을 벗게 될 테니 몸을 소중하게 여기시고 잠시만 기다려 주십시오."

"고맙구나. 뜻밖에 너를 만나다 보니 내가 눈물을 흘리고 말았어. 나는 이미 나이 든 몸이니 네가 수많은 백성을 위해 힘을 써 다오. 부탁한다, 유비야."

"알겠습니다, 선생님."

유비는 눈물을 삼키며 멀어져 가는 노식의 뒷모습을 바라보았다.

뇌물 불법적인 일을 하기 위해 주로 높고 힘 있는 사람에게 주는 돈 또는 물건.
누명 사실이 아닌데 억울하게 뒤집어쓴 나쁜 평판.

관우가 유비에게 다가와 물었다.

"형님, 여기서 남쪽으로 가면 산동성이고 북쪽으로 가면 고향인 탁현입니다. 어느 길을 택하시겠습니까?"

"노식 선생이 낙양으로 끌려가셨으니 산동성으로 갈 필요가 없어졌구나. 우선은 탁현으로 돌아가자."

유비의 말에 관우가 뒤따라오던 병사들에게 외쳤다.

"북으로, 북으로!"

그렇게 유비의 군대는 북쪽을 향해 나아갔다.

갑자기 산사태라도 난 듯 한쪽 산에서 함성이 들려왔다.

"장비야, 무슨 일인지 알아보고 오너라."

유비가 장비에게 지시했다.

"네, 알겠습니다."

장비는 산 쪽으로 말을 타고 달려갔다.

잠시 뒤 장비가 돌아와 소식을 전했다.

"산동성 쪽에서 도망쳐 온 관군을 장각의 부대가 쫓고 있습니다."

"죄 없는 노식 장군을 잡아 간 탓에 관군이 힘을 잃고 말았구나. 백성을 구하기 위해 뜻을 모았는데 관군을 지휘하는 자가 마음에 들지 않는다고 해서 모른 척할 수는 없지. 자, 관군을 도와 싸우러 가자."

유비는 적의 군대가 더는 추격하지 못하도록 산길을 막아섰다. 그러고는 관군과 힘을 합쳐 적을 막았다. 그 덕분에 관군의 대장인 동탁은 간신히 한숨을 돌릴 수 있었다.

"그 험한 산에서 우리 군과 함께 싸운 걸 보면 아군이 틀림없어. 우리를 도와준 군대의 대장을 이곳으로 불러오너라."

하인이 곧바로 유비의 군대로 가서 동탁의 뜻을 전했다.

유비는 왼쪽에 관우 오른쪽에 장비를 데리고 동탁 앞으로 나아갔다.

"낙양의 군대 가운데 이렇게 용감한 장군들이 있다니! 장군들은 대체 어떤 관직에 계시는 분들이오?"

동탁이 물었다.

"우리는 관군은 아니지만, 어지러운 세상에서 나라와 백성을 구하고자 큰 뜻을 품고 만든 군대입니다."

유비가 자랑스럽게 말했다.

"흠, 촌구석에서 조직된 잡군이란 얘기군. 그렇다면 우리 군대를 따라다니도록 해라. 공을 세우면 뭐라도 챙겨 줄 테니."

동탁은 비웃듯 말하고는 자리를 떴다.

"내 저놈을 가만두지 않겠어!"

장비가 화를 내며 동탁을 따라서려 하자 유비가 장비를 붙들었다.

"동탁은 황실의 신하다. 이유야 어찌 됐든 신하를 죽이면 반역죄가 되지. 그뿐 아니라 우리도 함께 목이 떨어지고 말 거야. 장비야, 우리가 개죽음을 당하려고 뜻을 모은 건 아니지 않느냐?"

"형님, 너무 분합니다."

장비는 바닥에 주저앉아 눈물을 쏟았다.

"자, 그만 밖으로 나가자."

갓난아기를 달래듯 유비와 관우가 양쪽에서 장비를 안아 일으켰다. 그날 밤, 유비와 관우와 장비는 병사들을 이끌고 그곳을 떠났다. 처음에는 고향인 탁현으로 돌아가려고 했지만 한편으로 생각하니 그 또한 한심한 일이었다. 그리하여 유비는 다시 주전의 군대가 있는 곳으로 가기로 마음먹었다.

주전은 얼마 전부터 하남 지방에서 수십만 명이 넘는 황건적 무리와 싸우고 있었다.

"헤아릴 수 없을 만큼 많은 병사를 잃고 있으니 이 일을 어찌면 좋단 말인가?"

주전은 한숨을 내쉬며 걱정을 늘어놓았다.

그때 병사 하나가 달려오더니 주전에게 소식을 전했다.

"장군, 지금 막 유비의 군대가 이곳에 도착했습니다."

"잘되었구나. 그들을 정중하게 모시고 오너라."

주전은 지난번과는 달리 유비의 군대를 정성껏 맞이하기 위해 소를 잡고 낙양의 술을 내놓았다.

"내일 적을 무찌르기 위해 오늘은 맘껏 먹으며 쉬십시오."

"그렇게 하도록 하지요."

유비는 싸움터에 나가는 것을 두려워하지 않았다.

이튿날 주전은 유비의 군대에 병사 삼천 명을 붙여 주었다.

유비의 군대가 산 밑에 다다르자 날씨가 궂어졌다. 빽빽한 구름이 낮게 드리웠으며 강풍이 나무를 뒤흔들었다. 연못의 물은 안개가 되어 길을 어둡게 했다.

"이거 적군의 대장인 장보가 또 요술을 부려 우리를 몰살할 모양이로군."

주전이 붙여 준 병사들은 모두 겁에 질려 있었다.

"이 세상에 요술 따위가 어디 있느냐? 걱정하지 말고 앞으로 돌진하라."

관우가 큰 소리로 외쳤지만 주전의 병사들은 꼼짝하지 않았다.

"요술에는 당할 수가 없습니다. 아까운 목숨을 일부러 버리는 것이나 다를 바 없습니다."

그 말에 장비가 큰 소리로 외쳤다.

"우리가 앞장서서 길을 열겠소. 싸우러 나왔으면 죽음을 각오해야지. 우리 모두 죽기로 합시다!"

병사들은 하는 수 없이 애벌레 떼가 움직이는 것처럼 뒤따라 기어올랐다.

잠시 뒤 천둥이 울리더니 하늘로 날려 버릴 듯 바람이 세차게 몰아쳤다. 그리고 산골짜기 정상에서 북과 징이 울리고 커다란 함성이 들려왔다.

"적의 대장 장보가 주문을 외워 하늘에서 군대를 불러냈다!"

주전의 병사들은 사방으로 흩어져 우왕좌왕했다. 그러는 동안 유비의 군대를 향해 소나기처럼 화살이 쏟아졌다. 유비는 순식간에 병사 절반 이상을 잃고 말았다.

"아, 지고 말았어."

유비는 처음으로 참담한 패배를 맛보았다.

"관우! 장비! 얼른 병사들을 뒤로 물려라!"

그리고 자신도 바로 말 머리를 돌려 아래쪽 산기슭으로 달렸다.

그날 밤, 삼 형제는 한자리에 모여 앉았다.

"분합니다. 지금까지 이렇게 진 적이 없는데."

장비가 씩씩대며 말했다.

"주전의 병사가 싸우기도 전부터 겁을 먹은 것을 보면 장보가 진짜 요술이라도 부리는 것인가?"

관우가 팔짱을 낀 채 중얼거렸다.

두 사람의 말을 듣고 있던 유비가 마침내 입을 열었다.

"그건 장보의 요술이 아니라 그쪽 땅에 비밀이 숨어 있기 때문이야. 그 골짜기에는 언제나 안개가 자욱해. 날씨가 좋지 않으면 다른 곳보다 몇십 배나 강한 바람이 불고. 그러다 보니 적과 싸우기도 전에 날씨와 싸우게 되는 거지. 그런 자연현상을 장보가 자신의 요술인 것처럼 꾸민 거라고."

"역시 형님이십니다! 하지만 적군을 공격하려면 그곳을 지나지 않을 수 없습니다."

관우의 말에 장비가 자신 있게 대답했다.

"저 절벽을 기어올라 적이 예상하지 못했던 곳에서 공격하면 될 거 아니오?"

삼 형제는 다시 은밀하게 회의를 하며 작전을 짰다.

썩어 빠진 관리를 혼내 주다

유비는 주전의 병사들을 어제처럼 골짜기에서 공격하게 했다. 그리고 자신은 장비, 관우와 함께 병사들을 이끌고 절벽으로 향했다. 유비의 군대는 고생 끝에 절벽을 기어오르는 데 성공했다. 그다음은 작전대로 산등성이를 따라 적을 향해 공격해 들어갔다.

유비는 기회를 엿보다 적군의 대장 장보를 향해 화살을 쏘았다. 화살이 장보의 몸을 꿰뚫었다. 장보가 비명을 지르며 쓰러졌다.

"우두머리 장보가 화살에 맞았다."

유비의 벼락같은 목소리가 울려 퍼졌다. 그러자 유비 쪽 병사들이 기운을 얻어 허둥대는 장보의 부하들을 모조리 베어 버렸다.

때마침 장각이 병으로 죽었다는 소식까지 들려왔다. 그 기세를 몰아 주전은 장각의 또 다른 동생인 장량의 목을 베는 데 성공했다. 분노에 찬 적군들이 주전을 공격하기 위해 몰려왔다. 적군 한 사람이 관군 열 사람을 죽였다. 기세를 되찾은 적군은 성벽의 문을 굳게 걸어 잠갔다.

저물녘 쓰러져 있는 관군의 막사로 한 무리의 군대가 말을 타고 달려왔다. 검푸른 말에 앉은 대장의 모습이 위풍당당해 보였다. 이마는 넓고 입술은 붉었으며 눈썹은 반달을 닮아 있었다. 유비, 관우, 장비는 그를 지켜보았다.

"나는 오군 부춘에서 온 손견이라고 하오. 주전 장군을 도와 황건적 무리를 무찌르기 위해 병사 천오백 명을 데리고 달려왔소."

손견의 목소리는 모습만큼 당당하고 힘이 넘쳤다.

주전은 기뻐하며 손견을 맞아들였다.

"오군 부춘에 영웅이 있다는 소리는 예전부터 들었습니다. 힘을 합해 황건적 무리를 모조리 물리칩시다."

주전은 손견에게는 남문 쪽을 공격하게 했고 유비에게는 북문 쪽을 공격하게 했다. 그리고 자신은 서문 쪽을 공격했다.

손견은 단번에 남문을 깨뜨렸다. 그리고 검푸른 말에서 뛰어내려 단번에 성벽을 기어올랐다. 손견이 적군 속으로 뛰어들어 고정도를 휘두르자 여기저기에서 피가 뿜어져 나왔다.

유비의 군대와 주전의 군대도 세차게 적군을 공격했다. 드디어 황건적 무리를 모두 물리쳤다. 그렇게 큰 공을 세운 주전은 관군과 함께 낙양으로 돌아갔다. 낙양의 거리는 밤까지 등불을 밝혔다. 성안에서는 날마다 잔치를 벌였다. 황제의 성은 금으로 만든 벽으로 둘러싸여 있고 귀족들의 거리는 어지러울 만큼 화려했다. 어디를 보아도 굶주리거나 근심에 쌓인 사람이 없어 보였다.

하지만 유비의 군대는 마른풀을 모아 모닥불을 피우며 아침저녁으로 차가운 서리*를 견뎌야 했다. 성의 문지기 역할을 하라는 명령을 받았기 때문이다. 황건적을 물리치는 데 큰 공을 세웠지만 관군이 아니라 성안에 들어갈 수 없었던 것이다. 가엾은 병사들은 낙양의 따뜻한 음식 맛도 보지 못하고 철문 뒤에 웅크리고 있을 뿐이었다.

한편 황제인 영제 곁에는 십상시*라고 불리는 열 명의 내시가 있었다. 그들은 황제 곁에서 권력*을 쥐고 정치를 간섭했다. 황건적을 물리쳐 공을 세운 사람들에게 상을 내릴 때도 뇌물을 건넨 사람에게는 벼슬을 주고 뇌물을 건네지 않은 사람에게는 벼슬을 빼앗았다. 그렇다 보니 많은 사람이 불만을 품을 수밖에 없었다.

결국 황제도 그러한 사실을 알게 되었다. 황제는 공을 세운 사람을 찾아 다시 한 번 상을 내리라고 명을 내렸다. 그 덕에 유비는 시골 마을을 관리하는 벼슬 하나를 받게 되었다. 비록 작은 벼슬이지만 황제가 내린 벼슬이라 유비는 감사하는 마음으로 받았다. 유비는 오백 명의 병사들을 관군으로 보낸 뒤 관우, 장비와 함께 시골 마을로 떠났다.

유비가 벼슬에 오른 지 넉 달쯤 지나자 도적 떼들은 그림자를 감추었고 마을은 안정을 되찾아 갔다. 그렇게 시간이 흘러 유비가 있는 시골 마을에도 봄이 찾아왔다.

서리 공기에 섞여 있던 수증기가 땅 위에 있던 물체 표면에 얼어붙은 것. | **십상시** 중국 후한 말 영제 때, 황제와 가까이 지내면서 권력을 잡았던 10명의 환관을 말함. 오늘날에는 권력자에게 아첨하며 나랏일을 마음대로 주무르는 간신을 가리키기도 함. | **권력** 남, 특히 백성을 지배할 수 있다고 인정받은 권리와 힘.

그즈음 나라에서는 각 지역으로 사신*을 보내 순찰을 하게 했다. 유비가 있는 마을에도 사신 독우가 찾아왔다. 유비는 관우와 장비를 데리고 먼 길까지 나가 독우를 맞이했다. 하지만 독우는 말 위에 앉아 거만하게 주변을 둘러보았다.

"이런 시골구석은 처음 와 보는군. 이 마을에는 성도 없는 겐가? 내가 묵을 곳은 잘 준비했겠지?"

"시골이라 부족한 게 많습니다만, 정성껏 모시겠습니다."

유비의 말에 독우가 거들먹거리며 말했다.

"나는 깨끗한 것을 좋아하고 기름진 음식을 좋아하네. 또한 나는 황제를 대신해 온 사신일세. 극진하게 대접해야 한다는 것을 잊지 말게."

독우의 마음속에는 다른 뜻이 있어 보였지만 유비는 쉽게 눈치채지 못했다. 그러자 독우가 유비에게 다시 물었다.

"자네는 이곳 출신인가, 아니면 다른 곳에서 부임해 온 건가?"

"제 고향은 탁현이고 한나라 황실의 후손입니다. 오래도록 한낱 백성으로 지내다 이번 황건적의 난 때 조그마한 공을 세워 이곳에 오게 되었습니다."

유비의 말이 끝나기 무섭게 독우가 소리쳤다.

"이놈, 닥쳐라!"

높은 곳에 앉아 있던 독우의 얼굴이 붉으락푸르락해졌다.

사신 임금 또는 나라의 명에 따라 그 나라를 대표하여 외국으로 보내진 신하를 가리킴. 여기에서는 중앙을 대표하여 유비가 있는 마을로 보내진 신하를 말함.

"한나라 황실의 후손이라고 했느냐? 미심쩍은 놈이로구나. 이번에 황제께서 각 지역을 순찰하게 한 것도 네놈처럼 허풍을 떠는 놈을 잡아내기 위해서다. 바로 황제께 말씀드려 죄를 물을 것이다!"

"네?"

"썩 물러가거라!"

유비는 하는 수 없이 일어나서 밖으로 나왔다. 하지만 아무래도 이해할 수 없어 독우와 함께 온 하인에게 물었다.

"사신께서 어찌 저리 화를 내십니까?"

"그야 뻔하지 않습니까? 환영 인사로 뇌물이나 금과 비단을 바쳐야 했습니다."

하인의 말을 듣고 유비는 한숨을 내쉬며 중얼거렸다.

"가난한 시골 마을 백성들한테 어찌 뇌물을 요구한단 말인가."

다음 날에도 유비가 뇌물을 받치지 않자 독우는 황제에게 거짓으로 보고를 올렸다. 이 소식을 들은 장비가 독우가 머무는 곳으로 쳐들어갔다.

"이 썩어 빠진 간신* 놈아! 우리 유비 형님에게 누명을 씌우고 거짓으로 보고를 올렸겠다? 내가 하늘을 대신해 네놈을 벌해야겠다."

장비가 장팔사모를 뽑으며 우렁차게 말했다.

"왜 이러는 게냐? 당장 멈춰라."

독우는 떨리는 목소리로 말하며 도망치려 했다. 그런 독우에게

간신 자기 이익을 위해 나쁜 꾀를 부리고 아양을 떠는 신하.

장비가 달려들었다.

"어딜 가려는 게냐?"

장비는 독우를 잡아 땅바닥에 내동댕이쳤다.

"네놈처럼 썩은 관리가 있어 천하가 어지러워지는 것이다. 도적은 내쳤지만 간신을 벌하는 자는 없다."

장비는 독우의 두 손을 밧줄로 묶고 그 밧줄 끝을 버드나무 가지에 던져 매달았다. 그리고 버드나무 가지 하나를 꺾어 독우를 내리쳤다.

"너도 십상시의 부하가 아니더냐? 너희 같은 놈 때문에 괴로워하는 백성들의 아픔은 이보다 더 크고 고통스럽다."

버드나무 가지는 곧 부러지고 말았다. 독우는 체면도 뭐도 없이 끙끙 앓는 소리를 냈다.

"용서해 주게나."

독우는 끝내 눈물까지 흘리며 애원했다. 그 순간 유비가 관우와 함께 달려왔다.

"장비야, 지금 무슨 짓을 하는 게냐?"

유비가 장비의 팔목을 잡고 소리쳤다.

"형님, 말리지 마슈. 백성을 괴롭히는 이놈의 숨통을 끊어 놓을 테니."

장비는 유비가 말리는 데도 개의치 않고 다시 버드나무 가지를 휘둘렀다. 비명을 지르며 몸부림치던 독우가 유비를 향해 소리쳤다.

"이보게, 유비. 자네 부하가 술에 취해 나를 죽이려 하네. 나를

살려 주면 장비의 죄를 묻지 않을 것이며 황제께 다시 보고해 자네에게 충분한 보상을 하겠네."

"백성을 괴롭히는 도적 같은 관리의 머리를 치는 것은 참으로 간단한 일이지만 불쌍한 개나 고양이라고 생각하여 살려 주겠소. 그리고 난 이제 벼슬을 버리고 떠날 것이오. 황제께 내 뜻을 잘 전해 주기 바라오."

그길로 유비는 관우와 장비를 이끌고 바람처럼 사라졌다. 버드나무 잎이 나뒹구는 땅바닥에서 독우는 여전히 괴로운 듯 고함을 내질렀다. 곁에 사람들이 있었지만 그 누구도 독우를 도와주지 않았다.

그날 밤 유비는 장비의 뜻에 따라 대지주 유회가 사는 오대산으로 향했다. 그리고 얼마 뒤 산기슭에 있는 평화로워 보이는 마을에 도착했다.

"형님, 유회 나리는 이 지역에서 덕이 높은 분이니, 잠시 몸을 숨기기에는 안성맞춤입니다."

장비가 의기양양하게 말했지만 유비는 걱정을 감추지 못했다.

"그렇다면 정말 다행이다만 우리가 신세를 져도 괜찮겠느냐?"

"유회 나리는 제가 모시던 홍씨 집안의 친척분이십니다. 무사를 아끼시는 분이니 우리가 벼슬을 버리고 떠나온 일을 말씀드리면 이해해 주실 겁니다."

장비의 말에 유비도 조금 마음이 놓였다.

산기슭의 듬성듬성한 숲 사이로 웅장한 흙담 하나가 눈에 들어왔다. 그 담장 밑으로 백마를 탄 여인이 지나고 있었다.

'어디선가 본 듯한데.'

유비는 여인을 보며 생각을 더듬었다. 먼발치이기는 했으나 낯설지 않은 얼굴이었다. 여인은 곧 널따란 흙담에 둘러싸인 집 안으로 들어갔다.

"저곳이 유회 나리의 댁입니다."

장비의 말에 유비는 그 여인이 유회의 딸일 것이라고 짐작했다.

장비가 먼저 집 안으로 들어가 유회에게 사정을 털어놓았다. 그러자 유회가 밖으로 나와 유비 일행을 맞이했다.

"잘 오셨습니다. 장비에게 얘기를 들었으니 언제까지고 편안히 지내십시오."

"저도 말씀 많이 들었습니다. 이렇게 흔쾌히 받아 주셔서 고맙습니다."

유비가 머리 숙여 인사했다.

유회는 하인을 불러 유비 일행이 묵을 방을 안내하게 했다. 그리고 그들이 마음 편히 지낼 수 있도록 배려를 아끼지 않았다.

오대산 밑의 마을은 참으로 평화로웠다. 백성을 괴롭히는 관리도 도적도 없었다. 모처럼 유비 일행은 편안하게 시간을 보낼 수 있었다.

그러던 어느 날 밤, 달빛 아래에 한 여인이 서 있었다. 여인의 모습은 보석을 뿌려 놓은 것처럼 반짝였다. 때마침 그곳을 지나던 유비가 발걸음을 멈추었다.

"아니, 부용 아씨가 아니신가요?"

달빛 아래 서 있던 여인은 다름 아닌 유회의 조카이자 유비가 황

건적에 쫓겨 도망갈 때 함께했던 부용이었다.

"아, 유비 나리."

부용도 유비를 한눈에 알아보았다.

"이렇게 다시 뵙게 되다니요. 정말 꿈만 같습니다."

유비와 부용은 짧게 인사만 나누고 헤어졌다.

그날 이후 유비는 마음속으로 부용을 그리워했다. 하지만 말도 못 꺼내고 급히 그곳을 떠나야만 했다. 유회의 소개로 유우를 도와 도적 떼를 물리쳐야 했기 때문이다.

이윽고 유비는 유우의 군대에 들어가 공을 세웠다. 그리고 벼슬을 얻어 산동성으로 가게 되었다. 산동성은 땅이 기름지고 물자와 곡식도 창고에 가득 차 있었다. 그곳에서 유비는 무술을 더욱 익히고 병사들을 훈련시켰다.

승냥이처럼 눈을 번뜩이는 동탁

황제 영제가 병에 걸리고 말았다. 소식을 듣고 대장군 하진이 달려왔다. 하진은 소나 돼지를 잡으며 살아가던 천한 사람이었다. 하지만 여동생 하후가 황제의 눈에 띄어 아들 유변을 낳고 황후가 되었다. 그 덕분에 하진은 벼슬을 얻고 권력을 쥐게 되었다.

하진이 병든 황제를 위로했다.

"걱정하실 것 없습니다. 황제 곁에는 저와 황태자가 있지 않습니까?"

하지만 황제는 걱정이 많았다. 영제에게는 아들이 둘 있었는데, 하나는 하후가 낳은 유변이고 또 하나는 왕미인이 낳은 유협이었다. 그런데 하후가 왕미인을 질투해 독살을 하고 그 뒤로 유협은 영제의 어머니가 키우고 있었다. 그러다 보니 영제는 유협을 가엾게 여겨 더 아꼈고, 그를 태자로 삼고 싶어 했다.

십상시 가운데 하나인 건석이 하진이 돌아간 뒤 황제에게 속삭였다.

"협 황자를 황태자로 세우고 싶다면 우선 하후의 오빠인 하진을 없애야 합니다."

"흠."

황제는 창백한 얼굴로 고개를 끄덕였다.

황제 영제는 십상시가 보여 주는 거짓만을 믿었으며 세상의 진실은 무엇 하나 알지 못했다. 십상시에게 영제는 곧 '눈먼 황제'일 뿐이었다. 간혹 황제에게 진실을 이야기하는 충신*이 있으면 감옥으로 보내 목을 치거나 독살했다.

그리고 얼마 뒤, 황제는 손을 써 보지도 못하고 세상을 떠나고 말았다.

그 무렵 하진은 십상시인 건석이 자신을 해치려는 사실을 알아챘다. 그래서 각 대신들을 집으로 불러들였다.

"짐승만도 못한 놈들! 내가 가만히 당하고 있을 수만은 없지. 나를 위해 새로운 황제를 세우고 궁궐의 도적들을 처단할 자는 없는가?"

"여기 원소가 있습니다!"

원소는 명문 집안 출신으로 덩치가 크고 가슴이 넓으며 무예가 뛰어났다.

"제게 병사 오천 명을 주시면 바로 궁궐로 들어가 십장시들을 모

충신 나라와 임금을 위해 온몸을 바쳐 충성하는 신하.

조리 없애겠습니다."

"알겠네!"

하진이 기뻐하며 명을 내렸다.

원소는 곧 갑옷으로 무장하고 병사 오천 명을 이끌고 궁궐까지 밀고 들어갔다. 그리고 단칼에 건석의 목을 베었다. 그사이 하진은 태자 유변을 새로운 황제로 세웠다. 그러자 유변은 이복동생인 유협을 진류왕으로 봉했다.

한편 십상시들은 간석이 죽은 것을 알고 황후인 하후에게 달려가 살려 달라고 엎드려 빌었다. 태후가 된 하후는 곧 오빠인 하진을 불러 타이르기에 이르렀다.

"천한 출신이었던 우리가 이렇게 잘살게 된 것도 어찌 보면 십상시가 도와준 덕입니다. 우리를 미워했던 건석을 해치웠으니 이제 그만해도 되지 않겠습니까?"

"네, 알겠습니다."

하진은 평소에 소심하기도 했지만 태후인 동생의 말을 거스를 수 없었다.

하진이 궁궐 문을 나서자 그의 가마 곁으로 원소가 다가왔다.

"장군, 지금이 때입니다. 십상시들이 태후의 치마폭에 기대 우는 소리로 하소연했다고 마음이 약해지시면 안 됩니다. 당장 곳곳에 있는 영웅들을 불러들이십시오."

원소의 말에 마침내 하진은 마음을 굳혔다.

"알겠네, 실행하기로 하지."

하진은 각 지역에 사신을 보내 영웅들을 불렀다. 그 가운데는 동탁과 노식이 있었다. 동탁은 십상시에게 뇌물을 받쳐 서량의 관리가 되었고 노식은 그를 모함한 좌풍의 계획이 드러나 다시 중랑장으로 복직하게 되었다. 하지만 동탁은 낙양 안에 들어서지 않고 승냥이처럼 눈을 번뜩이며 분위기만 살폈다.

하진이 일을 꾸미고 있다는 소식을 들은 십상시는 급히 대책을 마련했다. 이에 궁궐에 병사들을 숨겨 놓고 태후를 속여 하진을 불러들이기로 했다.

하진의 부하가 십상시의 함정을 눈치채고 말렸지만 소용없었다.

"무슨 소린가? 내시 놈들이 두려워 궁궐에 발을 디디지 못한다는 소리가 퍼지면 각 지역의 영웅들이 나를 어떻게 생각하겠는가?"

하진은 큰소리치고는 궁궐 안으로 들어섰다. 그러자 병사들이 그를 둘러쌌고 십상시 장양이 하진을 향해 소리쳤다.

"하진! 너는 원래 뒷골목에서 돼지를 잡아 살아가던 가난한 자가 아니었느냐? 오늘날 부귀영화를 누리게 된 것이 누구 덕인지 잊었느냐? 은혜도 모르는 놈 같으니라고!"

하진의 얼굴이 창백해졌지만 이미 때는 늦었다. 도망을 치려고 해도 곳곳의 궁문은 모두 닫혔으며 칼과 창을 들고 몸에 철갑을 두른 병사들이 한 치의 틈도 주지 않았다. 결국 하진은 그 자리에서 몸이 두 동강 나고 말았다.

그 사실을 알게 된 원소는 오백 명의 병사들을 이끌고 궁궐로 쳐들어갔다.

"십상시 놈들을 모두 죽여라!"

궁궐은 순식간에 비명과 화살 소리로 아수라장이 되었다. 그사이 장양은 새 황제와 진류왕을 데리고 도망을 쳤다. 장양과 황제 형제를 태운 마차는 길가의 노인과 어린아이를 치고 가더니 얼마 못 가 바퀴가 부서지고 말았다.

"아, 이젠 끝이구나."

장양은 마차에서 내려 스스로 강물에 몸을 던졌다.

황제와 진류왕은 강가의 풀밭 속에서 서로를 끌어안았다.

"형님, 걱정하지 마세요. 이런 때일수록 정신을 똑바로 차려야 됩니다."

진류왕이 어른스럽게 황제를 위로했다.

얼마 뒤 궁궐 신하들이 황제인 소제와 진류왕을 구하러 뒤따라왔다. 조금 지나자 원소도 달려와 황제와 진류왕을 맞았다. 원소는 황제가 무사한지 살핀 뒤 궁궐로 향했다.

황제와 진류왕이 탄 수레가 궁궐 가까이 이르렀을 때 저 멀리에서 수많은 병사를 이끌고 달려오는 사람이 있었다.

"뭐지?"

원소와 병사들이 놀라 행렬을 멈추었다.

가까이에서 보니 그는 다름 아닌 동탁이었다. 동탁은 얼마 전 낙양 가까이까지 와서도 낙양 안으로 들어오지 않고 있었다.

"너는 누구냐? 황제의 길을 막다니, 무엄하도다!"

원소의 말에 동탁이 비웃듯 물었다.

"폐하는 어디에 계시느냐?"

그 기세에 원소도 놀라 앞을 가로막지 못했다. 그때 황제가 탄 수레 뒤에서 늠름한 목소리가 들려왔다.

"물러나라!"

말을 몰고 나온 사람은 바로 진류왕이었다. 동탁이 진류왕을 알아보고 말 위에서 예의를 갖추었다. 진류왕은 머리를 꼿꼿이 세우고 동탁을 바라보았다.

"동탁 자네가 무슨 일로 온 것이냐? 황제의 길을 막으러 온 것이냐? 황제를 맞이하러 온 것이냐?"

"맞이하러 온 것입니다."

"맞이하러 왔다면서 황제가 계시는데 말에서 내리지 않는 무례를 범한단 말이더냐?"

비록 진류왕은 어린 소년이었지만 목소리에 위엄이 있었다.

동탁은 두말없이 말에서 뛰어내려 황제를 향해 절을 올렸다. 하지만 마음속으로 큰 야망*을 품었다.

'아무래도 지금의 황제를 폐하고 진류왕을 황제로 세우는 게 낫겠어.'

동탁의 눈이 반짝거렸다.

황제와 진류왕이 무사히 궁궐로 돌아왔다. 또한 병주 지역의 정원을 비롯해 각 지역의 장군들도 낙양으로 돌아왔다.

야망 무엇인가를 크게 이루어 보겠다는 희망이나 꿈.

그러는 사이 동탁은 궁궐을 자기 집처럼 드나들기 시작했다. 하지만 그 누구도 동탁의 횡포를 막을 수 없었다. 궁궐 안에는 동탁 편에 서서 아부*하는 사람도 있었고, 동탁의 모습이 보기 싫어 떠나는 사람도 있었다. 동탁의 세력은 날이 갈수록 커져만 갔다.

"이유, 이제 때가 온 것 같구나."

동탁은 심복*인 이유와 함께 진류왕을 황제 자리에 앉힌 뒤 나라를 손아귀에 넣으려는 음모를 꾸몄다.

"그렇습니다. 지금이 때입니다."

이유는 동탁에게 뒤지지 않을 만큼 난폭한 사람이었다. 동탁은 그런 이유를 마음에 들어 했다. 이튿날 동탁은 궁궐의 관리들을 초대해 잔치를 열었다.

"오늘 이 자리에 참석해 주신 여러분께 제가 드릴 말이 있습니다."

동탁은 뚱뚱한 몸을 뒤로 한껏 젖히고는 이어 말했다.

"황제는 모두에게 존경받는 인물이어야 하는데 불행하게도 지금의 황제는 의지가 약하고 능력이 없습니다. 그런데 황제의 동생인 진류왕께서는 학문을 좋아하고 총명하십니다. 그야말로 황제가 될 그릇이라고 할 수 있습니다. 여러분, 진류왕을 황제로 모시는 게 어떻겠습니까?"

많은 사람이 모였지만 마른기침 소리 하나 내뱉지 않았다. 동탁은 자신에게 반대할 사람이 있을 리 없다는 듯 자신에 찬 얼굴로 사

아부 남의 마음에 들고자 알랑거리는 것. | **심복** 마음 놓고 부리거나 일을 맡길 수 있는 사람.

람들을 둘러보았다.

그때 정원이 자리에서 일어나 동탁을 매섭게 노려보았다.

"황제의 자리는 황제의 뜻에 있는 것인데 어찌 신하가 황제의 자리를 논한단 말이오?"

"닥쳐라! 나를 거역하는 자에게는 죽음이 있을 뿐이다."

동탁은 두루마기의 소매를 걷어 붙이고 허리에 찬 칼에 손을 댔다.

"어찌하겠다는 겐가?"

정원은 눈 하나 깜짝하지 않았다. 그도 그럴 것이 그의 바로 뒤에는 늠름한 청년이 서 있었다. 청년의 번뜩이는 눈은 사나운 표범을 닮았다. 그 모습에 이유가 서둘러 동탁의 소매를 잡아당겼다. 어쩔 수 없이 동탁도 칼에서 손을 뗐다. 결국 잔치는 살벌한 분위기로 끝이 났다.

동탁이 장수들을 불러들였다.

"도대체 정원의 뒤에 있던 놈이 누구더냐?"

"정원의 양자*인 여포라고 합니다. 활과 말을 잘 다루어 천하에 적이 없다고 알려져 있습니다."

동탁은 두려운 마음이 들면서도 한편으로는 여포에게 마음이 끌렸다.

"정원은 무섭지 않으나 양자인 여포가 있는 한 그를 막을 수는 없겠군. 여포만 내 사람으로 만들면 천하가 내 것이나 다름없을 텐

양자 입양된 자녀.

데…….”

그러자 장수 이숙이 나섰다.

“좋은 방법이 있습니다. 저는 여포와 같은 고향 사람입니다. 여포는 용맹하지만 영리하지는 못합니다. 제게 붉은 털에 토끼처럼 빠른 적토마* 한 마리와 금은보화를 한 자루 주십시오. 그러면 여포를 찾아가 장군의 소망을 반드시 이루어 드리도록 하겠습니다.”

동탁은 이숙의 말을 믿고 자신이 아끼는 적토마와 금은보화를 내주었다.

늦은 밤, 이숙은 은밀히 여포를 찾아갔다. 아무것도 모르는 여포는 손뼉까지 치며 이숙을 반갑게 맞이했다. 여포와 이숙은 새벽녘까지 술잔을 기울이며 그동안 못 다한 이야기를 나누었다.

“자네 같은 인물이 담장 안에서 양처럼 길러 진다는 게 안타까운 일일세.”

“물론 나도 재능을 펼쳐 보고야 싶지만 양아버지께서 오래도록 보살펴 주셨으니 어쩔 수 없지 않은가.”

“여포, 현명한 새는 자신이 머무를 나무를 고른다고 하지 않던가? 청춘을 헛되이 보내는 것은 어리석은 일이네.”

이숙은 여포에게 적토마와 금은보화를 선물로 건네며 이어 말했다.

“이 적토마는 동탁 장군이 무척 아끼시는 말이지. 하지만 자네의 용맹스러운 모습에 반해 선물로 주고 싶다고 하셨네.”

적토마 여포와 관우가 타던 훌륭한 말. 오늘날에는 매우 빠른 말을 가리키기도 함.

“아, 나를 그렇게까지 생각하고 계신단 말인가? 나는 무엇으로 보답한단 말인가?”

“그야 아주 간단한 일일세.”

이숙은 여포에게 다가가 귓속말을 건넸다.

“알겠네.”

여포는 크게 고개를 끄덕였다. 그리고 바로 정원이 있는 곳으로 건너갔다.

“누구냐!”

정원이 소리쳤다. 자세히 보니 검을 빼들고 서 있는 것은 여포였다.

“여포 아니냐? 무슨 일이 있었느냐? 얼굴빛이 왜 그러느냐?”

“아무 일도 없소. 대장부가 되어서 어찌 당신 같은 인간의 아들로 썩을 수 있겠소?”

여포는 단칼에 정원을 내리쳐 목을 베었다.

이튿날 동탁은 여포를 위해 크게 잔치를 벌였다. 여포는 동탁에게 선물로 받은 적토마를 타고 나타났다.

“사내는 자신을 알아주는 사람을 위해 죽는다고 했습니다.”

여포는 동탁에게 절을 했다.

“장군과 같이 용맹한 분을 우리 군에 맞아들이게 되었으니 마치 마른 싹이 단비를 얻는 것 같은 기분입니다.”

이제 동탁은 무서울 게 없었고 그의 권력은 떠오르는 해처럼 점점 높아만 갔다.

동탁은 궁궐의 관리들을 향해 다시 물었다.

"오늘 다시 한 번 묻겠소! 소제 황제를 폐하고 진류왕을 새로운 황제로 세우는 데 반대하는 자가 있소?"

잔치 분위기는 단번에 싸늘해지고 말았다. 그때 원소가 일어나 말했다.

"장군은 무엇 때문에 황제를 폐하자며 은밀히 음모를 꾸미는 것이오?"

"음모? 너는 이 동탁의 칼이 우습게 보이느냐? 몸이 두 동강 나고 싶지 않으면 여기에서 당장 떠나거라."

동탁의 말에 원소는 몸을 떨며 자리를 박차고 나갔다. 그러자 동탁은 칼을 높이 쳐들고 벼락처럼 말했다.

"내 말을 거역하는 자는 목을 벨 것이다!"

그 자리에 있던 관리들은 아무 말도 못하고 동탁의 말에 찬성할 수밖에 없었다.

결국 동탁은 소제를 황제 자리에서 끌어내렸다. 소제의 어머니에게는 아들을 잘못 가르쳤다는 죄목으로 태후 자리를 빼앗았다. 그러고는 진류왕을 황제로 세우고 새로운 황제를 헌제라 불렀다.

단번에 날아간 화웅의 목

헌제는 아직 어린아이였다. 그래서 모든 일이 동탁의 뜻대로 이루어졌다. 동탁은 궁궐 안에서도 신을 신고 칼을 찼으며 밤에는 황제의 침실에서 잠을 잤다. 또한 밤낮으로 술을 마셨고 궁궐 안의 신하든 하인이든 마음에 들지 않으면 그 자리에서 죽였다.

그러던 어느 날이었다. 옛 황제의 신하였던 왕윤이 동탁과 그의 부하들이 자리를 비운 틈을 타 옛 대신들을 한자리에 모았다. 대신들이 서로 술을 주고받는 사이 왕윤이 눈물을 줄줄 흘리며 말했다.

"귀로는 백성들의 원성을 듣고 눈으로는 한나라 황실이 망하는 걸 보고 있으면서도 동탁의 세력을 어찌하지 못하고 있으니 이 일을 어쩌면 좋단 말입니까?"

그 말을 듣고는 모두 한숨을 내쉬었다.

"그렇다고 해서 동탁이나 그 무리들을 조금이라도 비방하면 이 목이 무사하지 못할 것입니다."

대신들은 눈물을 훔치며 불평을 늘어놓았다. 그때 끝자리에 앉은 사람이 갑자기 손뼉을 치며 웃어 댔다.

"와하하하하."

대신들이 깜짝 놀라 바라보니 그는 다름 아닌 조조였다. 어린 시절부터 눈빛이 영롱하고 성숙했던 조조는 나이 스물에 처음으로 벼슬을 얻어 몇 년만에 궁궐 대신들 사이에서 자리를 잡았다.

"여러 대신들께서 아녀자처럼 눈물만 흘리시니 참으로 우스워 견딜 수가 없습니다. 하하하."

조조가 비아냥거리자 분위기가 가라앉았다.

"그렇다면 자네는 동탁을 없앨 방법이라도 있어 큰소리를 치는 건가?"

왕윤이 조조에게 따져 물었다.

"왕윤 어른 댁의 가보로 내려오는 칠성검을 빌려주시면 동탁의 목을 베어 낙양성 문에 내걸겠습니다."

조조가 자신 있게 소리쳤다.

"좋소. 나라를 위하는 일이라면 내 어찌 가보를 아끼겠소?"

왕윤도 흔쾌히 허락했다.

이튿날 한낮이 되어서야 조조는 동탁을 찾아갔다. 동탁은 바깥 평상 위에 다리를 뻗고 앉아 차를 마시고 있었다. 옆에는 여포가 우뚝 서 있었다.

"오늘은 왜 이리 늦었는가?"

동탁이 조조의 얼굴을 보자마자 나무랐다.

"죄송합니다. 제 말이 워낙 나이 들고 힘이 없다 보니 잘 뛰지 못해 늦었습니다."

조조가 변명을 했다.

"내 마구간에서 적당한 말을 하나 골라 조조에게 주도록 하게."

동탁이 여포를 돌아보며 명령을 내렸다. 그리고 길게 하품을 하며 평상에 누웠다.

여포가 밖으로 나간 사이 조조는 동탁 곁으로 다가가 왕윤에게 받은 칼을 쑥 뽑았다. 그러자 동탁이 벌떡 일어나 날카로운 눈으로 조조를 쏘아보았다.

"조조, 지금 무엇을 하는 게냐?"

때마침 여포가 말을 골라 왔다. 그러자 조조가 아무 일도 없다는 듯 동탁에게 칼을 내밀며 말했다. 조조는 여포와 동탁 두 사람을 한꺼번에 없애지 못할 것이라는 생각이 들었다.

"얼마 전에 귀한 칼을 하나 손에 넣어 칼을 바치려고 가지고 왔습니다."

"그래, 과연 귀한 칼이긴 하구나."

동탁이 칼을 받아 여포에게 건넸다.

조조는 말을 쓰다듬으며 다시 입을 열었다.

"참으로 멋진 말입니다. 시험 삼아 말을 타 보고 싶습니다."

"그래, 한번 타 보도록 해라."

동탁이 쉽게 허락했다.

다음 순간, 조조는 말을 타고 성문 밖으로 달려 나갔다. 그때서

야 동탁이 눈치를 채고 벼락같이 소리를 질렀다.

"당장 조조 녀석을 잡아 오너라!"

하지만 조조는 부지런히 채찍을 휘둘러 도망갔다.

조조는 밤낮을 가리지 않고 달려 아버지가 있는 고향에 도착했다. 그리고 아버지에게 그동안 있었던 일을 설명했다.

"군대를 모아 동탁의 목을 치겠습니다. 아버지께서 도와주십시오."

"알겠다. 우선 이 지역에서 소문난 재력가인 위홍을 만나 네 뜻을 전하자꾸나."

조조는 아버지의 도움을 받아 위홍에게 무기 살 돈을 지원받았다. 그리고 병사들을 모아 제법 큰 군대를 꾸렸다. 그다음 동탁을 없애고 나라를 구하라는 황제의 명을 적은 거짓 문서를 만들어 각 지역 장수들에게 보냈다. 그러자 이곳저곳에서 지혜롭고 용맹한 장수들이 모여들었다.

"저는 악진이라고 합니다. 역적* 동탁을 함께 치기 위해 달려왔습니다."

"저희는 하후돈, 하후연 형제입니다. 병사 삼천 명을 이끌고 왔습니다."

그 밖에도 이전, 도겸, 마등, 공손찬, 공융 등 수많은 장수들이 수천, 수만 명의 병사를 이끌고 달려왔다. 예전에 동탁에게 맞섰던 원소

역적 자기 나라, 민족, 임금 등을 배반한 사람.

도 병사 십만 명을 데리고 달려왔다. 조조의 형제인 조인과 조홍도 힘을 보탰다. 또한 위홍뿐 아니라 많은 제력가가 무기와 식량을 넉넉하게 대어 주었다. 곧 조조는 막강한 권력을 쥐게 되었다.

드디어 17개의 군대가 모여 연합군이 꾸려졌고 각 지역 영웅들이 대장을 맡기로 했다. 그중 16번째 군대의 대장은 공손찬이 맡았다.

공손찬의 군대가 싸움터로 나갈 준비를 마칠 즈음 유비 일행이 찾아왔다.

"장군, 저희 세 사람도 나라를 위해 함께 싸우고 싶습니다."

"믿음직한 대장부들께서 힘을 보태 주신다니 더할 나위 없이 반가운 일입니다."

공손찬은 흔쾌히 유비, 관우, 장비를 받아들였다. 이렇게 해서 유비, 관우, 장비도 조조의 커다란 계획에 함께하게 되었다.

얼마 뒤 조조의 계획대로 군대와 작전이 완성되었다. 조조는 길일*을 점친 뒤 단을 쌓고 소와 말을 잡아 제사를 지냈다. 그리고 17개의 군대가 모인 자리에서 원소를 향해 말했다.

"원소 장군이 총대장을 맡아 주십시오."

원소는 조조의 추천을 받아들였다.

"부족하나마 최선을 다해 역적 동탁을 몰아내겠습니다."

"만세! 만세!"

연합군의 장병들이 만세를 외쳤다.

길일 운이 좋거나 복이 있을 것으로 믿어지는 날.

원소는 동생 원술에게 군대의 살림을 맡겨 각 군대에 식량과 무기를 전달하게 했다. 그리고 가장 먼저 손견의 군대를 보내 관문을 깨뜨리게 했다.

그날 새벽 낙양의 궁궐 안은 어수선하기 짝이 없었다.

"이유입니다. 큰일이 일어났습니다."

이유가 잠을 자던 동탁을 깨웠다.

"이른 아침부터 무슨 일이기에 이렇게 소란한가?"

동탁은 기름기 가득한 무거운 몸을 흔들며 평상에 기대앉았다.

"각 지역에서 군대가 모여 엄청난 대군이 쳐들어오고 있다고 합니다."

"조조와 원소가 일을 꾸민 것이 틀림없군."

"네, 그렇습니다. 원소가 총대장을 맡고, 조조가 참모* 역할을 하는 듯합니다. 현재 손견이 선두에 서서 공격해 오고 있습니다."

"손견? 병법으로 유명한 손자*의 후손이니 만만치 않겠군. 우리에게 그와 싸울 만한 인물이 누가 있는가?"

그때 문밖에 있던 여포가 안으로 들어왔다.

"걱정하지 마십시오. 제가 있는데 조조나 원소와 같은 놈들이 무엇이 두렵다는 말씀입니까? 먼지 같은 대군을 쓸어버린 뒤 손견을 시작으로 조조와 원소의 목을 치겠습니다."

여포의 말에 동탁이 크게 기뻐했다.

참모 윗사람과 함께 무슨 일을 계획하고 꾸미는 데 참여하는 사람. | **손자** 기원전 6세기 무렵에 살던 병법가로 〈손자〉라는 유명한 병법서를 남겼다.

"정말 믿음직스럽군. 자네가 있기에 내가 편히 잠을 잘 수 있소."

이미 문밖에는 여러 장군이 모여 있었다. 그 가운데 화웅이 안으로 들어서며 말했다.

"여포 장군, 잠깐 기다리시오. 닭을 잡는 데 어찌 소 잡는 칼을 쓸 필요가 있겠소? 내가 먼저 나가 적과 맞서 보겠소."

"오, 화웅이로군. 말 한번 잘했네. 우선은 자네가 먼저 나가 싸우고 오게."

동탁은 그 자리에서 화웅에게 오만 명의 병력을 내주었다. 화웅은 병사들을 이끌고 위풍당당하게 싸움터로 나갔다.

화웅의 군대가 쳐들어온다는 소식을 듣고 손견의 군대는 긴장감에 휩싸였다. 그사이 후진에 있던 포신이 동생 포충을 불러 잔꾀를 내었다.

"손견이 공을 세우는 것을 그저 바라만 볼 수는 없다. 네가 병사들을 데리고 샛길로 돌아가서 먼저 공격하여라."

"알겠습니다."

그날 밤 포충은 병사 오백 명을 이끌고 길이 없는 산을 넘어갔다. 그런데 얼마 가지 못해 화웅의 군대에게 들키고 말았다. 결국 포충의 군대는 화웅의 군대에게 한 방에 무너지고 말았다.

한편 손견은 포충이 앞질러 나갔다 전멸당한 것도 모른 채 공격을 지시했다.

"단번에 밀어붙여라!"

화웅의 군대도 창을 휘두르며 공격에 나섰다. 그러자 손견의 부하인 정보가 화웅의 부하인 호진을 향해 창을 던졌다. 창은 바람을 가르며 날아가 호진의 목을 뚫었다.

"낭패로구나."

화웅의 군대는 뒤로 물러나 성의 문을 닫아 걸었다. 그러고는 손견의 군대에게 돌과 불화살을 소나기처럼 퍼부었다. 그 때문에 손견의 병사가 많이 죽고 무기와 식량도 거의 바닥이 났다.

"계속 공격해 나가려면 이 상태로는 안 되겠어."

손견은 원소에게 그날의 성과로 호진의 목을 보내 도움을 청했다. 하지만 무기와 식량을 담당하고 있는 원술이 손견을 못마땅하게 여겼다.

"손견은 호랑이 같은 자입니다. 그가 동탁을 없앤다면 그것은 이리 대신 호랑이를 키우는 꼴입니다. 서둘러 공격하는 것이 아무래도 수상쩍습니다."

"그래? 그럴지도 모르겠군."

원소는 원술의 말을 받아들여 무기와 식량을 보내지 않았다. 연합군의 장군들은 같은 편이면서도 뒤에서는 서로 먼저 공을 세우려고 헐뜯었다.

그러다 보니 손견의 부대는 싸울 힘을 잃었다. 말들은 점점 말랐고 병사들은 고향을 그리워했다.

"드디어 손견의 목을 벨 때가 왔다."

그날 밤 화웅은 부하 이숙에게 공격을 지시했다. 이숙은 병사들을 이끌고 샛길로 돌아가 손견의 군대를 공격했다.

"와아, 와아!"

이숙의 병사들은 손견의 군대를 향해 활을 쏘고 횃불을 던졌다. 잠을 자다 갑자기 공격을 받은 손견의 군대는 단번에 무너질 수밖에 없었다.

"물러나지 말라!"

손견이 병사들을 향해 말했지만 그동안 제대로 먹지도 못한 병사들은 싸울 힘조차 없었다. 그렇다 보니 손견도 마지막 화살을 쏜 뒤에는 뒤돌아 달아날 수밖에 없었다. 그날 손견의 군대는 크게 패하고 말았다.

"몰래 공격에 나선 포충의 군대가 전멸했다."

"선두로 나선 손견의 군대도 무너졌다."

"적군이 이곳으로 몰려오고 있다."

불길한 소문은 꼬리에 꼬리를 물었다. 총대장 원소와 참모 조조의 얼굴빛이 어두워졌다. 그때 원소는 공손찬 뒤에서 혼자 미소를 짓고 있는 유비를 보았다.

"공손찬, 당신 뒤에 있는 사람은 누구요?"

원소가 불쾌하다는 듯 물었다.

"이분은 산동성에서 온 유비 장군입니다. 한나라 황실의 후손이기도 합니다."

"유비 장군이라면 황건적과 싸울 때 크게 공을 세운 분이 아니십니까?"

조조가 깜짝 놀라 물었다.

"여러 장군의 공에 비하면 제가 세운 공은 아무것도 아닙니다."

유비가 공손찬의 뒤에 서서 대답했다.

"유비 장군, 어서 앞쪽으로 나와 자리에 앉으십시오."

조조가 유비에게 앞쪽 자리를 권했다. 각 장군들 역시 자리를 권했고 유비는 마지못해 인사를 하고 자리에 앉았다. 관우와 장비도 자리를 옮겨 유비 뒤에 버티고 섰다.

그즈음 피투성이가 된 병사 하나가 들어와 울부짖었다.

"우리 군의 병사들이 적을 피해 사방으로 흩어졌습니다."

"큰일입니다. 코앞까지 적들이 쳐들어왔습니다."

그러자 원소가 아끼는 부하 유섭이 자리에서 벌떡 일어나 말했다.

"제가 나가서 적을 무찌르고 우리 병사들의 사기를 끌어올리겠습니다."

"가거라!"

원소는 장하다며 그의 잔에 술을 따랐다. 유섭은 단숨에 술을 들이켠 뒤 병사들을 끌고 적군 속으로 뛰어들었다. 하지만 순식간에 패하고 그의 부하 병사가 돌아와 보고를 올렸다.

"유섭 장군은 화웅의 칼에 목숨을 잃고 말았습니다."

그 말에 자리에 있던 장군들이 놀라며 당황해 했다. 그러자 이번에는 반봉이 나섰다.

"제가 나서겠습니다. 지금껏 백 번을 싸워 한 번도 진 적이 없는 제가 화웅의 목을 베어 오겠습니다."

"참으로 믿음직하구나. 얼른 달려가서 화웅의 목을 가져오너라."

원소의 명령에 반봉은 무릎을 꿇어 대답하고 곧 화웅의 군대를 향해 달려들었다. 하지만 잠시 뒤 반봉 역시 화웅의 손에 목숨을 잃었다. 또다시 한 패배에 각 장군들 모두 얼굴빛이 하얗게 변했다.

"지금 이 자리에는 각 지역의 장군들이 다 모여 있소. 그런데 화웅의 목을 벨 사람이 없다니 천하가 웃을 일 아니오."

원소는 무릎을 치며 한숨을 내쉬었다. 그러자 침울한 분위기를 깨고 큰 소리로 외치는 사람이 있었다.

"사람이 없다니 무슨 말씀이십니까? 제게 명을 내리시면 바로 나가 화웅의 목을 가져오겠습니다."

모두 놀라 그를 바라보았다. 그의 눈썹은 누에 같고 눈은 봉황의 눈을 닮았으며 길게 자란 수염은 칼을 찬 허리띠에 닿았다.

"아, 그대는 누구신가?"

원소가 물었다.

"저는 유비 장군의 동생 관우입니다. 지금은 한낱 병사 신분이지만 힘껏 싸울 자신이 있습니다."

그 말을 듣자마자 원소가 화를 내며 관우를 꾸짖었다.

"물러나라. 네놈이 병사 신분으로 장군들 앞에서 큰소리를 치다니. 여봐라, 저 꼴도 보기 싫은 놈을 눈앞에서 내쫓아라!"

"원소 장군! 같은 편끼리 싸우고 있을 때가 아닙니다. 이 사람이 장군들 앞에서 큰소리를 치는 걸 보면 그저 헛소리라고 볼 수만은 없습니다. 시험 삼아 한번 내보내는 것이 어떻겠습니까? 만약 져서 도망쳐 온다면 그때 벌을 내려도 늦지 않을 것입니다."

조조가 나서서 말했다.

"조조 장군의 말에도 일리는 있으나 일반 병사를 내보내 맞서게 한다면 화웅이 비웃을 게 뻔하오."

"비웃으면 어떻습니까? 지금 화웅은 우리 코앞에 와 있습니다. 그리고 저 사람의 얼굴을 보아 하니 범상치 않은 인물임에 틀림없습니다. 관우, 이 술을 마시고 바로 나가 싸우도록 하시오."

조조가 술을 따라 주자 관우가 술잔을 바라보며 말했다.

"감사하지만, 술은 화웅의 목을 가져온 뒤에 마시겠습니다."

관우는 새카만 수염을 두 갈래로 흩날리며 달려 나갔다.

"적장 화웅은 어디에 있느냐? 벌써 겁을 먹고 숨어 버린 것이냐?"

관우는 청룡도를 휘두르며 화웅을 찾아 나섰다. 사나운 늑대에게 쫓기는 양 떼처럼 화웅의 병사들이 우르르 흩어졌다. 곧이어 천둥 같은 소리가 천지를 뒤흔들었다. 관우는 병사들 속에서 화웅을 발견하고 순식간에 뛰어 들어 목을 베었다. 그러자 순식간에 화웅의 군대가 무너졌다.

잠시 뒤 관우가 검은 말을 타고 돌아왔다. 말에서 휙 뛰어내리더니 장군들 앞에 화웅의 목을 올려놓았다. 그 자리에 있던 장군들은 물론 모든 병사가 놀라 입을 다물지 못했다.

"화웅의 목을 벴다!"

모든 장병이 만세를 부르며 승리의 함성을 내질렀다.

관우가 몇 걸음 앞으로 나가 조조에게 다가섰다. 그리고 피투성이가 된 손으로 조금 전에 받아 놓은 술잔을 집어 들었다.

"이제 이 술을 마시도록 하겠습니다."

관우는 당당하게 술을 들이켰다.

그때 누군가가 외쳤다.

"승리에 취하기에는 아직 이르오. 우리 관우 형이 화웅의 목을 베었으니 이번에는 내가 동탁을 사로잡아 여러분의 발밑에 꿇어앉게 하겠소."

사람들이 돌아보니 그는 바로 유비 옆에 서 있던 장비였다.

"쓸데없는 잡소리 말아라. 분수도 모르고 떠들다니!"

원소의 동생 원술이 불쾌하다는 듯 소리를 질렀다. 다른 장군들도 장비의 행동을 못마땅해 했다. 눈치를 챈 조조가 공손찬에게 말해 유비 일행을 자리에서 물러나게 했다. 그런 다음 유비에게 술과 안주를 보내 삼 형제의 마음을 달래 주었다.

기세등등한 여포를 물리치다

화웅의 군대가 무참하게 패배했다는 소식을 들은 동탁은 얼굴빛이 어두워졌다.

"화웅과 같은 용맹한 장군이 어찌 그리 쉽게 당했단 말이냐? 이대로 가만히 있어서는 안 되겠구나."

동탁은 이유, 여포를 비롯한 많은 장군과 이십만 명의 병사를 이끌고 낙양으로 향했다. 그리고 낙양에서 남쪽으로 오십 리쯤 떨어진 사수관에 병사 십오만 명을 배치하고 이각과 곽사를 병사 오만 명과 함께 호로관으로 보냈다. 또한 심복인 여포에게 병사 삼만 명을 주며 명령했다.

"사수관 주변에 진*을 치도록 하라."

한편 연합군은 동탁의 군대가 두 갈래로 나뉘어 공격해 온다는

진 군사들을 알맞게 나눠 배치한 것 또는 그러한 곳.

것을 알고 병력을 둘로 나누었다. 그렇게 해서 일부 군대는 사수관에 남고 나머지 군대는 호로관으로 향했다. 조조는 싸움이 벌어지면 힘이 약한 군대를 돕기 위해 기다리고 있었다.

여포는 적토마에 걸터앉아 백 가지 꽃이 수놓인 붉은 비단옷 위에 갑옷을 입고 사자 가죽으로 만든 띠에 활과 화살을 꽂고 커다란 방천극을 쥐고 있었다.

"저자가 바로 그 유명한 여포로구나."

그를 본 연합군의 병사들이 입을 다물지 못했다.

"여포를 쳐라!"

연합군의 병사들은 여포를 향해 앞다퉈 나아갔다. 여포도 적토마에 철 채찍을 휘두르며 뛰어들었다. 그가 방천극을 좌우로 휘두를 때마다 연합군의 목, 손발, 몸뚱이가 핏줄기와 함께 날아갔다.

"이 여포와 맞설 자가 아무도 없단 말이냐?"

여포는 거만한 태도로 소리를 내질렀다. 여포의 적토마에 밟혀 죽은 병사만 해도 몇 백 명인지 헤아릴 수조차 없었다. 연합군 가운데 더는 여포를 상대할 만한 사람이 없었다.

"어찌하면 좋겠는가?"

원소가 한숨을 내쉬며 조조에게 물었다.

"여포는 몇 백 년에 하나 나올까 말까 하는 용맹한 자입니다. 그를 이기려면 연합군의 장군들이 모두 힘을 합해 싸워야 합니다."

원소는 바로 각 군대의 장군들을 불러 모았다. 하지만 여포의 기세에 각 군대의 장군과 병사들은 성난 파도에 밀려오는 쓰레기 같았다. 그리고 잠시 뒤 여포의 커다란 목소리가 울려 퍼졌다.

"여포가 여기에 있다. 조조는 어디에 있느냐? 원소의 낯짝을 좀 봐야겠구나!"

원소는 재빨리 병사들 속으로 숨어들었다.

이번에는 여포가 공손찬의 군대를 향해 달려들었다.

"공손찬, 나와라."

공손찬도 여포의 눈빛을 보고는 제대로 붙어 보지도 못하고 도망쳤다.

"하찮은 놈! 그 목을 내놓고 가라."

여포가 공손찬의 뒤를 쫓는데 갑자기 장비가 장팔사모를 휘두르며 바람처럼 달려들었다.

"기다려라, 여포! 여기 장비가 있다. 내가 먼저 네 목을 베겠다."

"넌 누구냐?"

여포는 적토마를 멈추고 몸을 획 돌렸다. 장비의 모습은 늠름했지만 갑옷과 말은 초라하기 그지없었다.

"한낱 병사 따위가 뭣이 어째?"

여포는 장비를 보고는 상대할 것도 없다는 듯 다시 적토마를 타고 달렸다. 장비는 여포의 적토마를 따라잡아 장팔사모를 휘둘렀다. 여포도 방천극을 휘두르며 맞섰다. 두 사람은 말 위에서 지칠 줄 모르고 싸웠다.

'이렇게 훌륭한 사람이 어찌 한낱 병사로 있단 말이지?'

여포가 속으로 생각했다.

'역시 대단한 놈이야!'

여포의 힘에 천하의 장비도 혀를 내둘렀다.

그때 돌풍처럼 유비와 관우가 달려왔다.

"장비야, 물러나서는 안 된다."

관우가 청룡도를 휘두르며 덤벼들었다. 그러자 곁에 있던 유비도 소리쳤다.

"여기 유비가 있다. 여포, 꼼짝 마라!"

의형제 셋이 세 방향에서 여포를 감쌌다. 싸움은 지칠 줄 모르고 계속되었지만 승부가 나지 않았다.

"내일 다시 싸우자."

여포는 훌쩍 말 머리를 돌려 자신의 진영 쪽으로 돌아갔다. 그러자 유비, 관우, 장비 세 사람이 그를 놓쳐서는 안 된다는 듯 말을 몰아 뒤쫓았다. 유비가 커다란 소리로 외쳤다.

"전쟁터에서 내일이 어디 있느냐? 돌아와라, 여포!"

하지만 여포는 순식간에 호로관 안으로 도망쳐 들어갔다. 삼 형제는 이를 갈며 쫓았으나 하루에 천 리를 달리는 적토마를 따라잡을 수는 없었다.

"정말 안타깝구나!"

장비가 땅을 치며 소리쳤다.

여포가 도망을 친 뒤 연합군의 사기가 단번에 하늘을 찔렀다. 모든 장군과 병사들이 술잔을 들고 노래를 부르며 승리의 기쁨을 나누었다.

한편 동탁의 군대는 여포가 쫓겨 온 뒤로 사기가 꺾인 상태였다. 동탁은 심복인 이유를 불렀다.

"이유, 어떻게 하면 좋겠는가?"

"한 가지 방법이 있습니다. 낙양을 버리고 장안으로 도읍을 옮기는 것입니다. 한나라는 장안을 도읍으로 정한 뒤 열두 분의 황제가 나라를 다스렸습니다. 더군다나 장안은 풍요로운 곳이니 운도 좋아질 것으로 생각합니다."

이유의 말을 듣자마자 동탁은 궁궐 내 회의를 열었다.

동탁이 황제와 대신들에게 도읍을 장안으로 옮긴다는 의견을 내놓자 대신들이 서로 눈치를 보며 말했다.

"낙양을 버리고 장안으로 도읍을 옮긴다면 백성들의 반대로 세상이 소란스러워질 것입니다."

"그렇습니다. 이 땅을 떠난다면 백성들이 집과 일을 잃고 떠돌아 살며 하늘을 원망할 것입니다. 백성은 나라의 근본입니다. 백성이 없으면 나라도 없습니다."

반대 의견이 나오자 동탁이 험악한 표정을 지었다.

"나라의 중요한 결정에 어찌 백성을 일일이 생각한단 말이오. 장안으로 도읍을 옮기는 걸로 결정하겠소."

궁궐에는 황제가 있었지만 동탁이 결정하는 대로 모든 일이 이루어졌다.

도읍을 장안으로 옮긴다는 소문은 한나절만에 곳곳에 퍼졌다. 낙양 사람들은 그저 부들부들 떨기만 할 뿐 불평 한마디 하지 못했다. 동탁은 하늘을 두려워하지 않았으며 백성의 원성조차 마음에 두지 않았다.

다음 날 동탁은 눈을 뜨자마자 바로 이유를 불렀다.

"이유, 도읍을 옮길 준비는 다 되었는가?"

"정신없이 부산을 떨고 있습니다. 그리고 성문에 방을 높다랗게 붙였으니 낙양의 백성들도 대부분 장안으로 따라올 것입니다."

"가난한 자들만 따라오고 부유한 놈들은 바로 재산을 숨겨서 떠날 거야."

동탁이 얼굴을 찡그리며 말했다.

"그렇다면 곧바로 세금을 더 걷겠습니다."

이유는 낙양 안에 오천 명의 병사를 풀었다. 병사들은 부잣집이 눈에 띄는 대로 들어가 금은보화를 싹쓸이했다. 또한 백성들을 오천 명씩 한 무리로 묶어 장안으로 떠나게 했다. 젖먹이를 안은 여인, 환자를 업은 사람 등 백성들이 초라한 모습으로 줄지어 갔다.

"환자 따위는 버리고 가!"

병사들은 칼을 휘두르며 백성에게 난폭하게 굴었다.

동탁은 이유에게 낙양 전체에 불을 지르라고 명을 내린 뒤 수레에 재물을 가득 싣고 장안으로 떠났다. 그가 떠나자 궁문에서부터 불길이 치솟았다. 궁궐의 웅장한 건물들이 활활 타오르더니 하나씩 사라져 갔다.

한편 여포는 동탁의 지시를 받고 옛 황제와 대신들의 무덤을 파헤쳤다. 그곳에는 진귀한 보물들이 함께 묻혀 있었다. 그것을 모두 수레에 실으니 수천 량이나 되었다.

연합군은 이러한 소식을 듣고 신속하게 낙양으로 움직였다. 손견의 군대는 사수관으로, 공손찬의 군대와 유비 일행은 호로관으로 향했다.

"어서 불을 꺼라! 남아 있는 노인과 아이들을 보호하라!"

원소의 말에 조조가 벌컥 화를 냈다.

"이번 기회를 놓치지 말고 장안으로 도망친 동탁을 쫓아야 하는 것 아닙니까? 어찌 아무도 없는 잿더미에서 한가로이 머물 수 있겠습니까?"

"아니오. 한 달 가까이 계속된 전투로 병사들이 많이 지쳤소. 낙양을 점령했으니 여기서 며칠 쉬는 것도 괜찮을 것이오."

원소는 고개를 돌려 자리를 떠났다.

"겁쟁이 같으니라고. 얘기할 가치도 없는 인간이야!"

조조는 원소에게 한바탕 욕을 하고는 자신의 부하들을 향해 말했다.

"자, 나를 따르라. 우리는 동탁을 쫓을 것이다."

조조는 부하들과 병사 만 명을 이끌고 달려 나갔다.

조조의 군대가 뒤쫓아 온다는 것을 알아챈 이유가 여포에게 작전을 설명했다.

"이 성을 일부러 적에게 넘겨주어 적을 자만에 빠지게 만들 것이오. 뒤쪽 계곡에 병사들을 숨겨 놓았으니 여포 장군은 산속에 숨어 있으시오."

이유의 계락을 칭찬하며 여포는 산속으로 숨었다. 이유의 계략은 맞아 떨어졌다. 거칠 것 없이 뒤를 쫓던 조조의 군대는 순식간에 독 안에 든 쥐가 되어 버렸다. 절벽 위에서 바윗덩이가 떨어져 길을 막고 건너편 늪지와 숲속에서 화살이 소나기처럼 날아왔다. 조조의 군대는 그렇게 대패를 하고 말았다. 하지만 조조는 눈앞에서 쓰러져 가는 부하들을 보며 끝까지 싸웠다.

"이 건방진 놈아! 은혜를 배반하고도 무사할 줄 알았느냐?"

여포가 골짜기에서 적토마를 타고 나와 조조를 향해 외쳤다. 그리고 동탁의 부하들이 조조를 향해 우르르 달려들었다. 그 순간 조조의 부하인 하후연이 달려와 동탁의 부하들을 물리치고 간신히 조조를 구했다.

"무엇보다 목숨이 소중합니다. 어서 산 밑으로 내려가십시오."

조조는 산 아래쪽으로 내달렸다. 하지만 조조를 향해 날아드는 화살은 멈추지 않았다. 그중 동탁의 부하 서영이 쏜 화살이 조조의 어깨에 박혔다.

조조는 말 위에서 떨어져 그대로 고꾸라졌다. 그러자 서영이 쏜 화살이 이번에는 조조의 귀를 스치고 지나갔다. 어깨에 박힌 화살을 뽑을 틈도 없었다. 그때 주위를 헤매고 있던 조조의 동생 조홍이 달려왔다.

"형님! 정신 차리십시오. 조홍입니다."

조홍은 조조를 안아 일으켰다.

"안타깝지만 화살에 맞아 통증이 심하구나. 나는 그냥 버리고 너만이라도 어서 달아나라."

"마음 약한 소리 하지 마십시오. 화살에 맞은 상처 따위는 아무것도 아닙니다. 이 어지러운 나라에 저 같은 놈은 없어도 되지만 형님은 반드시 계셔야 합니다."

조홍은 조조를 말에 태운 뒤 한 손으로는 형을 안고 또 한 손으로 말고삐를 쥐었다. 그러고는 산 위에서 굴러떨어지듯 내달렸다. 얼마 가지 않아 커다란 강이 앞길을 가로막았다. 조홍은 형을 안고 죽을힘을 다해 헤엄을 쳤다. 큰 물결이 소용돌이가 되어 몸을 휘감았다.

겨우 강기슭에 다다르자 상류 쪽에서 한 무리의 군대가 강을 따라 내려오는 것이 보였다. 펄럭이는 깃발을 보니 그것은 서영의 군대였다. 조홍은 조조를 끌어안은 채 다시 달렸다.

"저들은 틀림없이 조조와 조홍일 것이다. 놓쳐서는 안 된다."

조조와 조홍 형제를 향해 화살이 쏟아졌다. 두 사람을 기다리고 있는 건 죽음뿐이었다.

"조씨 형제의 죽음을 웃음거리로 만들지 않으려면 적의 시체를 산더미처럼 쌓을 수밖에 없습니다. 형님도 각오하십시오."

조홍은 조조와 함께 칼을 휘두르며 서영의 군대 속으로 뛰어들었다. 그 순간 조조를 찾고 있던 하후돈, 하후연이 달려왔다. 두 사람은 창을 휘둘러 서영의 군대를 무너뜨리고 조조 형제에게로 다가갔다.

"여기서 속히 벗어나야 합니다!"

조조 형제는 하후돈, 하후연의 말을 타고 힘을 내 달아났다. 하지만 또다시 조조 형제 눈앞에 한 무리의 군대가 보였다. 두 사람은 한숨을 내쉬었다. 가까이 다가가 살펴보니 그들은 다행히 조조의 부하들이었다.

"장군, 무사하셔서 다행입니다."

조조의 모습을 본 부하들이 기뻐하며 눈물을 흘렸다. 만 명의 병사 중에서 남은 병사는 겨우 오백 명이었다. 하지만 조조는 결코 희망을 버리지 않았다.

'비록 이번 싸움에서는 졌지만 나는 반드시 천하의 영웅이 될 것이다.'

조조는 자신을 따르는 부하들과 남은 병사들을 보며 마음속으로 굳게 다짐했다.

옥새를 손에 쥐고 벼랑 끝으로 내몰리다

낙양은 뿌연 연기로 가득 찼다. 연합군의 병사들이 복구 작업에 나섰다. 임시로 궁궐을 짓고 파헤쳐진 무덤의 구덩이를 메웠다.

원소와 연합군의 장군들은 제사를 지낸 뒤 옛 모습이라고는 찾아볼 수 없는 궁궐 안을 이리저리 돌아다녔다. 그때 새로운 소식이 들려왔다.

"조조의 군대가 적에게 몰락했다고 합니다."

"내 뭐라고 했는가? 겨우 만 명을 데리고 뒤를 쫓다니! 참으로 어리석구나."

원소가 조조를 비웃었다.

연합군의 장군들이 돌아간 뒤 손견은 홀로 별이 뜬 밤하늘을 올려다보았다.

"황제의 별이 밝지 못하고 뭇별만 어지럽구나. 어지러운 세상은 언제쯤 끝이 나려나."

그때 손견의 부하가 한곳을 가리키며 말했다.

"장군, 저것이 무엇입니까? 우물에 오색 기운이 어렸다가 사라지는 것이 보석이라도 있는 듯합니다."

"흠, 그렇구나. 횃불을 밝혀 우물 밑을 살펴보도록 해라."

병사들이 달려가 우물 안을 들여다보았더니 그곳에는 여인의 시체가 빠져 있었다. 병사들은 우물 안에서 여인의 시체를 끌어올렸다. 죽은 여인의 모습이 마치 살아 있는 사람처럼 백옥같이 아름다웠다. 여인은 목에 걸린 비단 주머니를 손으로 꼭 쥐고 있었다. 죽어서도 놓을 수 없다는 의지가 엿보였다.

손견이 주머니를 열어 보니 그 안에는 붉은 상자가 하나 들어 있었고, 또 그 상자 안에는 옥돌로 만든 도장이 들어 있었다. 도장에는 다섯 마리 용이 새겨져 있었고 모서리가 조금 떨어져 나갔지만 황금으로 메워져 있었다.

"이건 보통 도장이 아니로구나."

손견은 학식이 풍부한 부하 정보를 불렀다.

"정보, 이게 뭔 줄 알겠나?"

손견에게 도장을 건네받은 정보가 놀라 말했다.

"이것은 황제의 옥새*입니다."

"뭐, 옥새라고?"

정보는 횃불을 비춰 옥새에 적힌 글자를 읽었다.

옥새 국가 문서에 찍던 임금의 도장으로 나라를 상징함.

"하늘로부터 명을 받았으니 오래도록 크게 번창하리라."

"그 말이 무슨 뜻인가?"

"옛날 문왕 시절 봉황*이 앉은 돌 안에서 옥돌이 나왔다고 합니다. 진나라 26년에 진시황*이 뛰어난 장인을 시켜 그 옥돌을 가지고 옥새를 만들고 글을 새겼습니다. 두 해가 지난 뒤 진시황이 동정호를 건널 때 폭풍이 일어 옥새를 호수에 빠뜨렸는데 신기하게도 옥새가 세상에 다시 나타났습니다. 이 옥새를 가진 자는 하늘의 복을 누렸다고 합니다. 그 뒤로 한나라 황실의 보물로 전해 내려왔습니다. 이러한 옥새가 장군님 손에 들어왔으니 이것은 예삿일이 아닙니다."

손견은 옥새를 받아 들고 한동안 멍하니 넋을 잃고 말았다. 그러자 정보가 손견의 귀에 입을 바싹 대고 속삭였다.

"하늘이 주신 기회입니다. 장군이 황제가 되어 이 옥새를 자손대대로 물려주라는 뜻으로 여겨집니다. 하늘의 뜻을 받들기 위해 원대한 계획을 세우셔야 할 것입니다."

손견은 고개를 크게 끄덕이고는 부하들에게 명령을 내렸다.

"오늘 밤 일을 결코 입 밖으로 내어서는 안 된다. 만일 거스르는 자가 있으면 반드시 목을 치리라."

그날 밤 손견은 떠날 준비를 했다. 하지만 손견의 병사 하나가 원소에게 가서 옥새에 관한 이야기를 전하고 말았다.

날이 밝자 손견은 작별 인사를 하러 원소와 장군들을 찾아갔다.

봉황 옛날 중국 전설에 나오는 상서로운 새. | **진시황** 옛날 중국 진나라의 첫 황제로 기원전 221년에 중국을 통일하고 만리장성을 쌓은 인물.

"요즘에 몸이 좋지 않아 잠시 고향으로 돌아가 쉬어야 할 것 같습니다."

"닥쳐라! 나라를 안정시키기 위해 각 장군들이 뜻을 모았건만 혼자 딴생각을 품다니. 옥새는 나라에서 가지고 있을 물건이지 한낱 장군 따위가 가지고 있을 물건이 아니다."

원소가 칼을 뽑아 들자 손견도 맞서 칼을 뽑았다. 그 모습을 지켜본 장군들이 두 사람을 말렸다.

"부디 진정들 하십시오. 설마 손 장군이 거짓말을 하겠습니까?"

"그렇소. 한나라 황실의 신하인 내가 어찌 옥새를 훔쳐 나라를 배신하려고 하겠소?"

손견의 말에 원소는 칼을 집어넣었다.

손견은 다행히 옥새를 빼앗기지 않고 강동으로 떠날 수 있었다. 그 뒤로 낙양의 병사들은 사소한 문제로 싸움을 벌였고 굶주린 백성들은 밤마다 하늘을 올려다보며 신세를 한탄했다. 그렇다 보니 각 지역의 장군들도 낙양에 머물러 봐야 별수 없다며 하나씩 떠나기 시작했다.

그러던 어느 날 공손찬이 유비를 불러 말했다.

"지금 상황이 참으로 한심할 따름이오. 원소 장군은 앞일을 처리할 능력이 없소. 나도 고향으로 돌아가려고 하니 유비 장군도 낙양을 떠나시는 게 어떻겠소?"

"그렇군요. 언젠가 다시 때가 오겠지요. 그럼 여기서 인사를 드리겠습니다."

유비는 작별 인사를 한 뒤 관우, 장비와 함께 낙양을 떠났다. 결국 낙양에서는 아무것도 얻지 못했다. 병사도 말도 여전히 초라했다. 하지만 관우와 장비는 변함없이 밝은 모습이었다.

원소도 더는 버틸 힘이 없었다.

"기주 태수 한복에게 사정을 말한 뒤 식량을 좀 꿔 달라고 해야겠군."

원소의 말에 심복 봉기가 나섰다.

"구차하게 도움을 청하지 마시고 곡식이며 금은보화가 풍부한 기주를 정복하는 게 어떻습니까? 그 땅을 빼앗아 앞날의 계획을 세워야 할 것입니다."

"그야 전부터 바라던 일이지만 어떤 방법으로 빼앗을 수 있단 말이냐?"

"한복에게는 편지를 써서 공손찬이 기주를 공격할 것이라고 전하고 공손찬에게는 기주를 공격해 나누자고 하십시오."

원소는 기뻐하며 봉기의 말을 따랐다. 한편 한복은 원소의 편지를 받고 원소가 기주로 오기만을 기다렸다.

드디어 원소가 기주에 도착했다. 한복은 모든 장군과 병사들을 동원해 원소를 맞이했다. 하지만 원소는 기주성에 들어가자마자 주도권을 잡았다. 한복은 자신의 어리석음을 후회하며 기주를 떠나야만 했다.

그즈음 공손찬은 원소와 맺은 약속대로 기주를 공격하려고 했지만 이미 기주가 원소의 손에 들어갔다는 소식을 들었다. 그리하여 동생인 공손월을 보내 약속한 대로 기주를 나눠 달라고 말했다. 하지만 원소는 공손월이 돌아가는 길에 화살을 쏘아 그를 죽이고 말았다.

소식을 들은 공손찬은 병사를 이끌고 원소에게 달려갔다.

"의리를 저버린 놈, 가만두지 않겠다!"

"한복은 자신의 능력을 알고 내게 기주를 넘겼다. 그런데도 병사를 몰고 와 남의 영토를 훔치려고 하다니!"

원소는 부하 중에서 가장 힘이 센 문추를 내보내 공손찬과 싸우게 했다. 공손찬이 창을 휘두르며 공격했지만 문추의 상대는 되지 못했다.

"무서운 놈이로구나."

공손찬은 겁을 먹고 달아났다. 하지만 달리다 말의 앞발이 바위에 걸려 넘어져 부러져 버렸다. 바로 눈앞까지 문추가 쫓아왔지만 공손찬은 도망칠 수 없었다. 그때 벼랑에서 한 사람이 나타나 문추 앞을 가로막았다. 그가 문추와 싸우는 사이 공손찬은 재빨리 산 위로 도망갈 수 있었다.

위기에서 벗어난 뒤 공손찬은 각 군대를 뒤져 자신의 목숨을 구해 준 사람을 찾아냈다.

"이 은혜 잊지 않겠습니다. 그러한데 당신은 누구신지요?"

"제 이름은 조운이라고 합니다. 얼마 전까지 원소 장군의 군대에 있었지만 그의 행동이 마음에 들지 않아 고향으로 돌아가려고 나왔습니다."

"저 공손찬도 지혜와 덕을 갖춘 사람이 아닙니다만, 저와 함께 힘을 합쳐 나라와 백성을 구하지 않겠습니까?"

조운은 공손찬의 뜻을 받아들였다. 이에 힘을 얻은 공손찬은 다시 한 번 원소를 공격하기로 마음먹었다. 공손찬과 조운은 병사들을 이끌고 원소의 군대를 향해 나아갔다.

"물러나서는 안 된다!"

공손찬은 백마를 몰고 나가 싸웠으나 문추의 기세를 당해 낼 수 없었다. 공손찬이 이를 갈며 도망칠 때 조운이 백마를 몰고 나가 말 위에서 단번에 창으로 문추를 찔렀다. 그런 다음 원소를 향해 화살을 쏘아 댔다.

"앗! 어디에서 날아오는 화살이더냐?"

당황한 원소는 급히 방패 속으로 숨었다. 하지만 화살은 멈추지 않고 줄기차게 날아왔다. 이윽고 원소는 입고 있던 갑옷을 벗더니 땅에 내팽개치며 외쳤다.

"대장부가 구석에 숨어 있다 화살에 맞아 죽으면 웃음거리만 될 뿐이다."

원소는 죽음을 각오하고 조운과 싸웠다. 그때 유비가 관우, 장비를 데리고 달려왔다.

"기다려라, 원소! 죽고 싶지 않으면 당장 항복해라."

유비 일행이 한꺼번에 원소에게 달려들었다.

"아뿔싸, 유비로구나."

놀란 원소는 뒤도 돌아보지 않고 달아났다.

싸움이 끝난 뒤 공손찬이 유비와 조운을 불렀다.

"이분은 오늘 싸움에서 도움을 준 유비 장군입니다."

공손찬이 조운에게 유비를 소개했다.

"관우, 장비 두 분과 의형제를 맺은 유비 나리란 말씀입니까? 저는 조운이라고 하며 아직은 풋내기 무사일 뿐입니다. 앞으로 잘 부탁드립니다."

조운은 정중하게 인사를 했다. 유비도 예의를 갖춰 인사를 나누었다.

"몸 둘 바를 모르겠습니다. 저 역시 아직 이곳저곳을 떠도는 무사에 지나지 않습니다. 저야말로 앞으로 잘 부탁드립니다."

두 사람은 처음 만났지만 마음으로 서로를 존경했다.

'훌륭한 인물임에 틀림없어.'

유비는 조운을 향해 따뜻한 눈길을 보냈다.

'소문대로 인품이 훌륭한 분이군. 이런 분을 주인으로 모실 수 있다면 얼마나 좋을까.'

조운은 유비의 모습을 보며 끝없이 감탄했다.

그 사이 새 도읍 장안은 조금씩 질서가 잡혀 갔다. 장안에서 동탁의 세력은 여전히 강했다.

어느 날 동탁의 심복 이유가 의견을 내놓았다.

"얼마 전부터 원소와 공손찬이 싸우고 있다고 합니다. 두 사람 모두 전쟁에 지쳐 있을 테니 화해를 시켜 우리 편으로 만드는 게 어떠할는지요?"

"참으로 그럴듯하다."

동탁은 바로 원소와 공손찬의 진영에 사람을 보내 뜻을 전했다.

"원소도 같은 생각이라면……."

"공손찬이 군사를 물린다면……."

두 사람은 동탁의 뜻에 따라 화해하고 군대를 철수시켰다. 이에 유비와 조운도 헤어져야 했다.

"오늘 밤이 지나면 이별입니다."

유비가 아쉬운 마음을 드러내자 조운이 입을 열었다.

"유비 나리, 내일 출발하실 때 저도 함께 데려가 주십시오. 마음 속 깊이 나리를 존경하고 있습니다."

조운은 사랑을 고백하듯 고개를 숙인 채 이어 말했다.

"진심을 말씀드리자면, 원소의 부덕한 행동이 마음에 들지 않아 공손찬의 군대에 들어갔습니다. 하지만 공손찬도 동탁의 뜻에 따라 원소와 화해하는 것으로 보아 그릇의 크기가 크지 않다는 것을 알 수 있습니다. 그래 가지고 어찌 나라와 백성을 구할 수 있겠습니까. 유비 나리, 부탁입니다. 나리야말로 뒷날 큰일을 할 그릇이라 여기며 드리는 청입니다. 부디 저를 거두어 주십시오."

조운은 진심으로 애원했다.

"저 또한 큰 그릇이 아니며 지금은 때가 아닌 듯합니다. 뒷날 다시 만나게 된다면 그때는 지금의 마음을 잊지 않겠습니다. 제가 떠난 뒤에도 공손찬 장군에게 힘이 되어 주십시오."

유비가 달래며 말하자 조운은 눈물을 흘렸다.

“그렇다면 때를 기다리겠습니다.”

이튿날 유비는 관우와 장비를 데리고 길을 떠났다.

한편 손견은 원소에게 앙심*을 품고 원소의 군대를 공격할 날만을 손꼽아 기다렸다. 그동안 배를 정비하고 병사를 훈련시켰다.

이윽고 출전을 하루 앞둔 날, 동생인 손정이 손견의 아들들을 데리고 찾아왔다.

“형님, 귀한 몸이 잘못되기라도 하면 어쩌려고 그러십니까? 이 아이들의 어머니인 오 부인과 오희, 유 미인도 걱정하고 있습니다.”

“그 무슨 불길한 소리를 하는 게냐?”

“나라와 백성을 구하기 위해 싸우러 나가는 거라면 아무리 세 부인과 일곱 조카가 울며불며 애원해도 제가 앞장설 것입니다. 하지만 사사로운 원한 때문에 병사에게 상처를 입히고 백성을 괴롭히는 일은 절대 있어서는 안 된다고 생각합니다.”

“닥치지 못하겠느냐! 누가 이 손견의 깊은 뜻을 알겠느냐? 내 곧 우리 가문의 이름을 드높일 테니 지켜보기나 해라.”

그때 오 부인의 아들인 장남 손책이 성큼 나와 손견 앞에 섰다. 그는 열일곱 살의 어린 소년이었다.

“아버지 뜻이 그렇다면 저도 데려가 주십시오.”

손견은 장남 손책의 말에 기분이 좋아졌다.

“장하구나. 어릴 적부터 영리하다고 생각했는데 역시 내 눈이 틀

앙심 쌓인 원한을 되갚으려고 벼르는 마음.

리지 않았다. 내일 출발 전까지 준비하고 있어라."

아버지의 칭찬에 손책은 앞장서 싸우겠다고 각오했다. 그리하여 손견이 출전 명령을 내리기도 전에 배 열 척을 끌고 공격해 들어갔다. 그 소식을 들은 손견은 아들을 몹시 걱정하며 뒤를 쫓았다.

"손책은 서두르지 마라."

아버지 손견의 말에 손책은 뒤로 물러나 자리를 잡았다.

"적이 다가올 때까지 기다려라."

손견의 군대는 숨을 죽이고 기다렸다. 드디어 원소의 군대가 화살을 쏘며 공격하자 손견의 군대도 맞서 싸웠다.

"손견을 비롯하여 단 한 놈도 살아 돌아가게 해서는 안 된다."

원소의 부하 장호와 진생이 손견의 군대를 향해 돌진했다. 그 모습을 본 손책이 진생의 얼굴을 향해 화살을 쏘았다. 진생이 비명을 내지르며 말 위에서 떨어졌다. 놀란 장호는 달아났고 손견의 부하 한당이 쫓아가 장호의 목을 베었다.

"두 장군이 목숨을 잃었다!"

이번에는 원소의 부하 채모가 손견의 군대와 맞서 싸웠다. 손견은 앞선 승리의 기세를 몰아 순식간에 채모의 군대를 격파했다. 결국 채모도 쫓겨 도망쳐야 했다.

계속되는 패배에 원소는 부하 여공에게 작전을 지시했다.

"날랜 병사들을 이끌고 적이 있는 곳을 지나 한쪽은 산꼭대기로 또 한쪽은 숲으로 가게. 그러면 적이 추격해 올 것일세. 산꼭대기에 바위와 통나무를 쌓아 두었다가 적이 나타나면 한꺼번에 쏟아 붓게.

그다음 사방의 숲에서 활을 쏘게 하게."

여공은 그날 밤 병사들과 함께 작전을 시작하였다. 그러나 얼마 지나지 않아 손견의 보초병에게 발각되었다.

"누구냐?"

손견의 보초병들이 외치자 여공의 병사들이 보초병들을 순식간에 베었다. 소란한 소리에 손견이 뛰쳐나왔다. 손견은 보초병들이 피범벅이 되어 쓰러진 것을 보고 곧바로 추격에 나섰다. 앞서 달리던 여공이 뒤를 돌아보았다.

"손견이 따라오기 시작했구나."

여공은 숲속에 병사들을 숨겨 놓고 정신없이 산 위로 올라갔다. 그리고 절벽 위에 바위를 쌓고 기다렸다.

얼마 뒤 손견이 병사들과 산을 오르려 할 때 여공이 두 손을 흔들어 신호를 보냈다.

"바위를 떨어뜨려라, 활을 쏘아라!"

크고 작은 바위가 절벽 위에서 한꺼번에 쏟아졌고 사방의 숲에서 화살이 날아들었다. 손견의 머리 위로 거대한 바위 하나가 떨어져 내렸다. 손견은 피하지 못하고 말과 함께 바위에 깔려 죽었다.

손견이 죽었다는 소식을 들은 원소는 손뼉을 치며 기뻐했다.

"손견이 낙양에서 옥새를 훔친 지 아직 이 년도 지나지 않았다. 그런데 벌써 천벌을 받아 장군답지 못한 죽음을 맞이했구나. 됐다, 이때를 놓쳐서는 안 된다."

원소의 군대는 다시 한 번 손견의 군대를 공격했다. 대장을 잃은

손견의 군대는 아무 힘도 쓰지 못하고 당할 수밖에 없었다. 칼에 맞아 쓰러지는 병사의 수가 헤아릴 수 없을 정도로 많았다.

손견의 장남 손책은 흩어졌던 병사를 모으고 나서야 아버지의 죽음을 확인했다. 손책은 아버지의 시신을 찾아 눈물 속에서 장례를 치렀다.

"아버지가 못다 이루신 일을 내가 반드시 이루고 말 테다."

손책은 마음속으로 다짐하며 뒷날을 기약했다.

꽃같이 아름다운 여인

손견의 죽음을 기뻐하는 또 한 사람이 있었다. 그는 바로 동탁이었다.

"내 근심 하나가 줄었구나. 그의 아들 손책은 아직 나이가 어리니……."

그 무렵 동탁의 권력은 절정에 달했다. 자신을 스스로 태사로 칭하고 동생 동민을 호위부대의 우두머리에 앉혔다. 그리고 조카 동황을 비서로 삼았다. 또한 친척들에게 높은 벼슬을 내렸다. 그러하니 모든 사람이 동탁의 손발이고 눈이고 귀가 되었다.

동탁은 장안에서 조금 떨어진 미오에 금과 옥으로 성을 짓고 이십 년 동안 먹고 남을 양식을 쌓아 두었다. 뿐만 아니라 미인 팔백 명을 후궁으로 삼고 진귀한 보물을 산더미처럼 끌어 모았다.

"내 뜻대로 일이 이루어진다면 나는 천하를 갖게 될 것이오. 만약 일이 이루어지지 않는다면 이 미오성에서 말년을 보내면 그만이지. 자, 술을 드시오."

동탁이 궁궐의 대신들을 향해 술잔을 들었다. 그 누구도 동탁의 말에 맞서지 못했다.

술자리가 무르익을 무렵 여포가 동탁 곁으로 다가왔다. 모두 술잔을 내려놓고 두 사람에게 신경을 곤두세웠다. 그러자 동탁이 고개를 끄덕이고는 여포에게 낮은 목소리로 명령했다.

"놓쳐서는 안 된다."

여포가 물러나는가 싶더니 눈을 번뜩이며 대신들 사이로 성큼성큼 걸어갔다. 그러더니 술자리에 앉아 있던 장온의 상투를 갑자기 움켜쥐었다.

"앗! 무, 무슨 일이오?"

장온이 놀라서 물었다.

"시끄럽다."

여포는 장온의 몸을 낚아채 밖으로 끌고 나갔다. 잠시 뒤 여포가 장온의 목을 베어 가지고 들어왔다. 그것을 본 궁궐의 대신들이 부들부들 떨었다.

"여러분, 술잔을 드십시오. 여러분은 장온과 다른 분들이니 걱정하지 마십시오."

여포의 말에 동탁이 뚱뚱한 몸을 흔들며 일어났다.

"장온이 나를 배반했기 때문에 천벌을 받은 것이오. 오늘 일을 잘 기억해 두기 바라오."

그날 대신들은 서둘러 집으로 돌아갔다.

대신들 가운데는 옛 황제의 신하였던 왕윤도 있었다. 왕윤은 집에 돌아와서도 깊은 한숨을 내쉬며 잠을 이루지 못했다. 왕윤은 울적한 마음을 달래려고 정원을 거닐었다. 그때 어디선가 봄비가 내리듯 훌쩍이는 소리가 들려왔다.

"초선이 아니냐? 어째서 혼자 울고 있는 게냐?"

초선은 왕윤의 집에서 노래를 부르는 하녀였다. 어릴 적 부모를 잃은 초선을 왕윤이 데려다 길렀다. 초선은 얼굴이 꽃보다 더 아름답고 머리가 영특해 왕윤이 친딸처럼 아꼈다. 초선도 왕윤의 은혜를 잘 알고 왕윤을 아버지처럼 여겼다.

"초선아, 감기 들면 어쩌려고 그러냐. 너도 이제 나이가 차서 달을 봐도 꽃을 봐도 눈물이 나는 모양이로구나."

"그게 아닙니다. 나리가 나랏일 때문에 밤낮으로 근심하시는 게 너무 안쓰러워 저도 모르게 눈물을 흘렸습니다."

"내가 안쓰러워서?"

왕윤이 놀라서 초선을 바라보았다.

"지난 십팔 년 동안 친아버지처럼 저를 아껴 주시고, 노래와 음악은 물론 글공부까지 시켜 주셨잖아요. 그 은혜를 어떻게 갚아야 할지 늘 생각하고 있어요."

초선은 왕윤의 손에 눈썹을 비비며 말했다.

"초선아, 네가 그리 생각해 주는 것만으로도 나는 기쁘구나."

"어찌 제 말만으로 나리의 근심을 씻을 수 있겠어요? 제가 남자로 태어났다면 목숨을 버려서라도 은혜에 보답할 수 있을 텐

데…….”

“아니, 할 수 있다!”

왕윤은 자신도 모르게 큰 소리로 말했다. 그러고는 초선에게 머리가 땅에 닿도록 절을 했다.

“나리, 어째서 이러십니까? 황송합니다.”

초선이 깜짝 놀라자 왕윤이 말했다.

“한나라를 구할 은인에게 절을 한 것이다. 초선아, 세상을 위해 네 목숨을 바칠 수 있겠느냐?”

초선은 당황한 기색도 없이 바로 대답했다.

“네. 나리의 청이라면 언제든 이 목숨을 바치겠습니다.”

“그렇다면 네 진심을 받아들여 부탁하고 싶은 일이 있구나. 한나라 황실과 백성들을 구하려면 동탁을 죽여야 한다.”

초선은 눈도 깜빡이지 않고 왕윤의 말에 귀를 기울였다.

“하지만 동탁 곁에는 머리가 좋은 이유가 있고 용맹한 여포가 있단다.”

“그럼 제가 어떻게 하면 될까요?”

“우선은 너를 여포에게 준다고 한 뒤 일부러 동탁에게 보낼 것이다. 여포와 동탁이 너를 보고 마음이 움직이지 않을 리가 없다. 두 사람 사이를 갈라놓은 다음 서로 싸우게 하는 것이 그들을 멸망시키는 첫 번째 작전이다. 초선아, 그 일에 네 몸을 바칠 수 있겠느냐?”

“바치겠습니다.”

초선은 단호했다.

왕윤은 황금관을 칠보*로 장식해 여포에게 선물로 보냈다. 여포는 너무 기쁜 나머지 적토마를 타고 한달음에 왕윤의 집으로 달려갔다.

여포가 도착하자 왕윤은 직접 나가 여포를 맞아들였다. 그리고 온 집안사람을 불러 여포를 대접하게 했다.

"한낱 장수에 지나지 않은 나를 궁궐의 대신이 왜 이렇게 극진히 대접하는 게요?"

여포가 술잔을 들어 올리며 왕윤에게 물었다.

"저는 평소 남몰래 장군을 존경하고 있었습니다. 장군께서 적토마를 저희 집 문에 묶은 것만으로도 영광입니다."

왕윤은 그리 대답하고 문밖에 있는 초선을 불렀다.

"초선아, 장군님께 인사 올려라."

곧이어 초선이 안으로 들어왔다.

여포는 초선의 모습을 보고 한눈에 반했다. 왕윤이 초선에게 술잔을 들게 했다.

"네게도 커다란 영광이 될 것이다. 장군께 잔을 올리고 너도 술을 받도록 해라."

초선은 여포 앞으로 다가가 술을 따랐다.

여포가 술을 한 잔 벌컥 들이켜더니 입을 열었다.

"이 아름다운 여인은 이 댁의 따님이신가?"

칠보 금, 은을 바탕으로 깔고 그 위에 액체를 녹여 붙여 새, 꽃 같은 무늬를 만든 공예나 공예품.

"그렇습니다. 제 딸아이 초선이라 합니다."

여포는 초선이 어찌나 마음에 들었는지 연거푸 술을 마셨다. 그런 여포에게 왕윤이 다가가 속삭였다.

"원하신다면 초선이를 장군께 드리겠습니다."

"그게 참말이오? 따님을 주기만 한다면 나는 이 집을 위해 무슨 일이든 할 것이오."

"길일을 택해 장군 댁으로 초선이를 보내겠습니다."

"틀림없이 약속을 지켜야 하오."

여포는 몇 번이고 다짐을 받은 뒤 집으로 돌아갔다.

그 뒤 왕윤이 초선에게 말했다.

"이제 한 고비를 넘었구나. 조만간 동탁을 집으로 부를 테니 그날은 음악과 노래와 춤으로 동탁의 마음을 빼앗도록 해라."

"예."

초선이 고개를 끄덕였다.

이튿날 왕윤은 여포가 없는 틈을 타서 동탁에게 다가갔다.

"요즘 태사님께서 나랏일에 많이 지쳐 계시는 것 같아 저희 집에서 조그마한 술자리를 마련하려 합니다. 미오성도 좋지만 때로는 새로운 곳에서 기분 전환을 하시는 것도 위로가 될 듯합니다."

"그거 참 기쁜 일이로구먼. 나라의 원로가 초대하는데 내 어찌 거절할 수 있겠소. 내일 반드시 가리다."

집으로 돌아온 왕윤은 마당에는 푸른 모래를 깔고 집 안에는 수놓은 비단을 깔았다. 또한 각 지역에서 귀한 재료를 구해 와 잔칫상을 차렸다.

드디어 다음날, 동탁의 마차가 왕윤의 집에 도착했다.

왕윤이 문밖으로 달려가 동탁을 맞이했다. 동탁이 마차의 발을 걷고 나오자 호위병들이 앞뒤 좌우를 둘러쌌다.

"이렇게 와 주셔서 영광스럽기 그지없습니다."

왕윤은 동탁을 높은 자리에 앉히고 예를 갖춰 인사했다. 동탁도 만족한 듯 왕윤에게 말했다.

"공도 올라와서 내 곁에 앉으시게."

잠시 뒤 노래와 춤이 시작되자 왕윤은 빛이 나는 야광 잔에 술을 따라 동탁에게 바쳤다.

"이것은 저희 집에서 매우 아끼는 장수주입니다. 태사님의 만수무강을 기원하며 오늘 처음으로 병을 열었습니다."

"오오, 고맙소."

그때 정면의 발이 걷히더니 초선이 춤을 추기 시작했다. 초선은 소맷자락을 펄럭이며 하늘하늘 춤을 추었다.

"흠, 매우 아름답구나."

동탁은 초선에게서 눈길을 떼지 못했다.

"이보게, 저 아이는 대체 누구인가? 아무래도 평범한 기녀* 같지는 않구먼."

동탁이 묻자 왕윤이 대답했다.

기녀 옛날 잔치, 술자리에서 노래 부르거나 춤을 추면서 분위기를 흥겹게 하던 여성.

"저희 집에서 노래를 부르는 아이 초선이라고 하옵니다."

"목소리도 좋고, 얼굴도 예쁘고, 춤도 잘 추고……. 선녀가 따로 없군. 미오성에도 미인은 숱하게 많지만 저런 아이는 없다네."

"태사님께서 초선이를 마음에 들어 하시면 바치도록 하겠습니다. 초선이도 태사님의 사랑을 받는다면 더없이 행복할 것입니다."

"참으로 고맙네. 그럼 오늘 밤 저 아이를 마차로 데려가겠네."

동탁은 왕윤의 집을 나설 때 초선을 안고 마차에 올랐다.

이 소식을 들은 여포는 머리끝까지 화가 치밀었다. 그래서 곧장 적토마를 타고 왕윤에게 달려갔다.

"네놈이 초선이를 내게 주겠다고 약속해 놓고선 오늘 밤 태사에게 바쳤겠다! 괘씸한 놈, 나를 가지고 놀다니!"

왕윤은 아랑곳하지 않고 여포에게 속삭였다.

"장군께 굳게 약속했건만 어찌 저를 의심하십니까? 태사님께서는 장군 몰래 초선이를 데려가 길일에 장군과 결혼시킨다고 하셨습니다."

"그럼 태사님께서 나를 놀라게 할 생각으로 미리 데려간 것이란 말이냐?"

"그렇습니다. 장군이 부끄러워하는 모습을 보고 싶다고 말씀하셨습니다."

여포가 머리를 긁으며 쑥스러워했다.

"미안하오. 내가 경솔하게 공을 의심했으니 뭐라 할 말이 없소."

"아닙니다. 의심이 풀리셨다니 그것으로 됐습니다. 틀림없이 조만간 장군을 축하하기 위해 성대한 잔치가 열릴 것입니다. 초선이도 그 날을 손꼽아 기다릴 것입니다."

여포는 왕윤의 말을 믿고 집으로 돌아왔다. 그리고 늦은 시간까지 초선의 생각에 쉽사리 잠을 이루지 못했다.

'마음이 이처럼 어지럽고 괴로운 것은 태어나서 처음이구나.'

으스름한 달이 깊어 가고 있었다. 정원을 바라보니 해당화는 밤이슬을 머금고 있고 황매화는 밤안개에 힘없이 고개를 숙이고 있었다. 여포는 한숨을 내쉬며 다시 침상에 누웠다.

아침이 밝자 여포는 동탁에게로 향했다.

"태사님께서는 일어나셨나?"

여포가 묻자 호위대장이 말했다.

"어젯밤 왕윤의 집에서 열린 잔치에 가셨다 굉장한 미인과 함께 오셨습니다. 그 미인과 함께 보내시느라 아직 일어나지 못하신 듯합니다."

"뭐라고? 그럼 태사님께서 눈을 뜨시면 알려 주게."

여포는 자기도 모르게 성난 눈빛으로 말했다. 그러고는 한쪽으로 물러나 동탁이 일어나기만을 기다렸다. 한참이 지난 뒤에야 호위대장이 여포를 찾아왔다.

"태사님께서 지금 막 눈을 뜨셨습니다."

여포는 무작정 동탁에게로 달려갔다.

문을 열어젖히자 동탁이 늘어지게 하품을 하고 있었다. 동탁 옆에는 고개를 숙인 초선이 있었다. 초선을 본 여포는 울고 싶을 만큼

가슴이 미어졌다.

'가엾은 초선아, 너도 어쩔 수 없었겠구나.'

여포는 곁에 동탁이 있기에 눈빛으로만 초선에게 마음을 건넸다.

'용서해 주세요. 제 마음은 장군께 있습니다.'

초선도 비를 머금은 배꽃처럼 몸을 떨며 눈빛과 몸짓으로 여포에게 마음을 전했다.

"무슨 급한 일이기에 아침부터 침실까지 들어온 것인가?"

동탁이 묻자 여포가 답을 못하고 우물쭈물했다.

"실은…… 어젯밤 잠이 오지 않아 뒤척이다 태사님께서 병에 걸리신 꿈을 꾸었습니다. 너무도 걱정이 되어 날이 밝자마자 달려왔습니다."

"아침부터 별 괴이한 소리를 다 듣는군."

동탁은 횡설수설하는 여포의 말을 이상하게 여기며 혀를 찼다.

그날 집으로 돌아온 여포의 어두운 얼굴을 보고 부인이 물었다.

"태사님의 기분을 상하게 한 일이라도 있으십니까?"

여포는 부인에게 괜히 소리를 지르며 화풀이했다.

"시끄럽소! 제아무리 동탁이라고 해도 이 여포를 마음대로 할 수 없소."

그 뒤로 여포는 일도 하지 않고 날마다 술을 마셨다. 우리 속 짐승처럼 날뛰다 눈물을 흘리기도 했다. 그러는 사이 한 달쯤 시간이 흐르고 동탁이 병에 걸렸다는 소식이 전해졌다.

"그래, 일을 하러 나가지도 않고 병문안도 가지 않으면 안 될 일이지."

여포는 마음을 고쳐먹고 동탁을 찾았다.

"아, 여포로군. 자네도 몸이 좋지 않다는 얘기를 들었소. 이제 좀 괜찮은가?"

"저는 걱정하실 것 없습니다. 태사님께서 건강하셔야 합니다."

여포는 씁쓸하게 웃었다. 그리고 곁에 있는 초선 쪽으로 슬쩍 눈길을 돌렸다. 그러자 질투심이 다시 불꽃처럼 피어올랐다.

동탁이 기침을 하자 초선이 동탁에게 이불을 덮어 주며 말했다.

"좀 더 주무시는 게 좋겠어요."

"그래, 그래야겠어."

동탁은 힘없이 눈을 감고 잠에 빠졌다. 그 틈에 여포는 조용히 초선에게 다가갔다. 하지만 칼끝이 병풍에 부딪치는 바람에 동탁이 눈을 뜨고 말았다.

"여포 이놈! 지금 무슨 짓을 하려는 게냐?"

자리에 누워 있던 동탁이 몸을 벌떡 일으켰다.

"아, 아무 일도 아닙니다."

"지금 내 눈을 피해 초선이를 겁탈*하려고 한 것 아니냐?"

"그런 것이 아닙니다."

여포는 새파랗게 질린 얼굴로 고개를 숙였다. 동탁은 온갖 욕설을 퍼부으며 여포를 내쫓았다.

겁탈 상대를 협박하거나 폭력을 써서 강제로 성관계를 맺는 것.

여인의 치마폭에 싸여 죽음을 맞이하다

동탁이 외출한 사이 여포는 다시 동탁의 집을 찾았다. 그리고 주변을 살핀 뒤 초선이 있는 방으로 숨어들었다.

"초선아, 너는 내 괴로운 마음을 모르는가 보구나. 태사가 없는 틈을 타 잠시라도 너를 보려고 달려왔다."

"저를 그렇게까지 생각하고 계셨단 말인가요?"

초선은 여포의 가슴에 얼굴을 묻고 훌쩍훌쩍 억지 눈물을 흘렸다.

"혹시 무슨 일이 있는 것이냐?"

"사실 저는 왕윤 나리의 친딸이 아니에요. 외로운 고아였어요. 하지만 저를 친딸처럼 아껴 주셨던 왕윤 나리께서는 씩씩한 장군에게 시집을 보내고 싶어 하셨어요. 장군이 오신 날 저도 소원이 이루어질 거라 생각했어요. 그런데 제 꿈은 한순간에 무너지고 말았답니다. 장군을 사랑하는 제 마음만은 부디 잊지 말아 주세요."

초선의 말에 여포도 눈물을 훔치며 말했다.

"조금만 기다려라. 내가 곧 네 소원을 이루어 줄 테니. 사랑하는 여자도 지키지 못하면서 어찌 영웅이라 할 수 있겠느냐?"

"장군, 저는 태사의 발소리만 들어도 온몸에 소름이 돋아요. 아, 영원히 장군과 함께하고 싶어요."

초선은 다시 여포의 품에 안기며 더욱더 흐느껴 울었다.

그 순간 동탁이 별안간 방문을 확 열었다. 동탁은 두 사람이 안고 있는 것을 보고 얼굴을 일그러뜨렸다.

"이놈! 대낮에 이곳에서 무슨 짓을 하는 게냐?"

동탁이 여포를 향해 소리를 질렀다.

여포는 아무 말도 하지 않고 밖으로 뛰쳐나갔다. 안타깝게도 동탁은 몸이 뚱뚱해서 여포를 쫓아가지 못했다.

"괘씸한 놈."

동탁이 커다란 몸을 앞으로 기우뚱하며 외쳤다. 그때 마침 멀리서 이유가 달려왔다.

"당장 여포를 잡아 오도록 해라. 여포의 목을 쳐야겠다."

이유는 동탁의 말을 마치 어린아이의 투정처럼 여겼다.

"황공하옵니다만 그것은 좋은 방법이 아닙니다. 여포의 목을 친다는 것은 태사의 목에 태사 스스로 칼을 대는 것과 다를 바 없습니다."

동탁은 잠시 생각에 잠기더니 이내 고개를 끄덕였다.

"알겠네. 여포는 살려 두기로 하지. 더는 탓하지 않겠네."

이유는 동탁의 화를 누그러뜨린 뒤 여포에게 바로 그 이야기를 들려주었다.

한편 동탁은 초선이 있는 뒤뜰로 나갔다. 그곳에서 초선은 여전히 울고 있었다.

"왜 우는 게냐? 혹시 너도 여포를 마음에 두고 있는 게 아니더냐?"

동탁이 야단을 치자 초선이 더욱 슬퍼하며 흐느꼈다.

"태사님께서 여포 장군을 양아들처럼 생각해서 저도 공경했어요. 그런데 오늘 무시무시한 얼굴로 창을 들고 저를 협박해서 끌어안지 뭐예요."

"초선아, 내 잘못이 크다. 여포가 그토록 너를 사랑하니 어쩔 수가 없구나. 너도 앞으로 여포를 사랑하도록 해라."

"왜 그런 말씀을 하시는 거예요? 태사님을 버리고 어찌 난폭한 여포에게 가란 말씀이세요? 분명 이유 장군이 태사님께 그리 말씀한 거지요? 이유 장군과 여포 장군은 태사님이 없을 때 은밀히 이야기를 주고받아요. 저보다 이유와 여포 장군이 더 귀하시다면……."

초선은 바닥에 엎드린 채 통곡하며 몸부림쳤다.

"그래, 알았다. 울지 마라, 초선아. 조금 전의 말은 농담이었다. 내 어찌 너를 여포 따위에게 시집보낼 수 있겠느냐? 내일 당장 나와 미오성으로 가자꾸나. 내 너를 아내로 맞이할 테니 걱정하지 마라."

동탁이 초선을 달래 주었다.

다음 날 이유가 정중하게 동탁 앞에 나섰다.

"마침 오늘이 길일이니 초선을 여포의 집으로 보내는 것이 어떻겠습니까? 그는 단순해서 쉽게 감동하는 사람입니다. 틀림없이 감격의 눈물을 흘리며 태사님을 위해 목숨을 바치겠다고 맹세할 것입니다."

그러자 동탁이 얼굴빛을 바꾸며 소리쳤다.

"그 무슨 말도 안 되는 소리냐? 이유, 너는 네 부인을 여포에게 줄 수 있느냐?"

이유는 동탁의 반응에 크게 놀랐다. 동탁은 당장 마차를 불러 초선을 안아 태웠다. 그러고는 병사 만 명에게 앞뒤를 호위하게 하고 미오성으로 향했다. 동탁이 미오성으로 가는 길은 동탁을 배웅하는 사람들과 무릎을 꿇고 절하는 백성들로 시끌벅적했다.

그 모습을 본 여포는 적토마를 타고 성 밖으로 내달렸다. 그러고는 언덕 기슭에 말을 세워 놓고 커다란 나무 뒤에 숨었다. 잠시 뒤 마차의 행렬이 줄줄이 이어졌다. 그중 금으로 덮인 마차에는 초선이 앉아 있었다. 초선의 눈길이 여포가 있는 언덕 쪽으로 향했다. 그리고 여포와 눈이 마주치자 초선은 눈물을 흘렸다.

그런 초선의 모습을 본 여포는 가슴이 찢어지는 듯했다. 어느새 여포의 눈에는 벌겋게 핏발이 서 있었다.

"내 반드시 저 늙은 도둑놈의 목을 쳐서 초선이를 구하고 말겠다."

여포는 칼로 자신의 팔을 그어 뚝뚝 떨어지는 피를 보며 맹세했다. 그러고는 말을 몰아 급히 왕윤의 집을 찾았다.

왕윤은 여포를 보자마자 한숨을 내뱉으며 말했다.

"태사님께서 제 얼굴을 볼 때마다 장군께 초선이를 보내겠다고 말씀하셨는데 어쩌다가 초선이를 빼앗기고 말았습니까?"

"그러게 말일세. 태어나서 이렇게 분한 일은 처음이네. 늙은 도적의 목을 쳐서 이 부끄러움을 씻고야 말겠네."

왕윤이 일부러 놀란 척하며 말했다.

"역시 장군은 영웅 중의 영웅이십니다. 늙은 도적을 베고 황제를 떠받든다면 장군의 이름은 영원히 충신으로 남을 것입니다."

여포는 왕윤의 말에 더욱 자신감이 생겼다. 그 틈에 왕윤이 여포에게 바짝 다가가 속삭였다.

"우선 거짓 사자*를 미오성으로 보내 황제의 명이라며 태사께 황제 자리를 물려주겠다고 말하는 겁니다. 그래서 그를 궁궐로 불러들이는 것이지요. 그런 다음 궁궐로 가는 길에 힘센 병사 여럿을 숨겨두고 그의 마차가 지나갈 때 공격하면 어떻겠습니까?"

"거짓 사자로 누가 좋겠소?"

"얼마 전 태사께 꾸지람을 듣고 우울한 날을 보내는 이숙이 알맞을 것입니다. 황제의 명을 받고 왔다면 태사도 마음을 열 것입니다."

"이숙이라면 나를 동탁에게 소개한 친구니 나도 잘 알고 있소. 만약 이숙이 싫다고 한다면 그의 목을 먼저 베어 버리겠소.

두 사람은 곧장 이숙을 만나 계획을 이야기했다. 그러자 이숙은 손뼉을 치며 그 자리에서 흔쾌히 승낙했다.

며칠 뒤 이숙은 미오성으로 향했다.

"황제께서 잦은 병환으로 황제 자리를 태사님께 물려주기로 결정

사자 명령에 따라 심부름하는 사람.

하셨습니다."

이숙이 황제의 뜻이라며 전하자 동탁은 얼굴에 웃음꽃을 피웠다.

"그렇지 않아도 얼마 전에 꿈을 꾸었다네. 커다란 용이 구름을 일으키며 내려와 내 몸을 감는 꿈이었지."

동탁은 여전히 꿈속에 빠져 있는 듯 입을 다물지 못했다.

"그야말로 길몽입니다. 한시라도 빨리 궁궐로 가셔서 황제의 명을 받드시는 것이 좋을 듯합니다."

동탁은 서둘러 화려하게 치장을 하고 마차에 올랐다. 그는 수천 명의 병사에게 앞뒤를 호위하게 하고 궁궐로 향했다.

얼마쯤 갔을까, 갑자기 마차가 심하게 흔들렸다.

"어찌 된 일이냐?"

동탁이 이숙을 불러 물었다.

"마차의 바퀴가 부서졌는데 마음에 두실 것 없습니다. 태사님께서 황제의 자리에 오르시니 낡은 것을 버리고 새것을 취하라는 뜻입니다."

"그렇군. 참으로 명쾌한 해석이오."

동탁은 다시 기분이 좋아져 길을 떠났다. 장안으로 들어설 무렵 여포가 달려와 동탁 앞에 섰다.

"오, 나를 지켜 주려고 마중을 나온 게로군. 내가 황제가 되면 자네를 군대의 총대장으로 임명하지."

동탁이 떠들썩하게 말했지만 여포는 비웃으며 소리쳤다.

"미오의 역신*이 왔다. 모두 앞으로 나와라!"

여포의 말에 숨어 있던 병사들이 한꺼번에 달려 나왔다. 그러더니 마차를 뒤집어 동탁을 끌어냈다.

"이 도적놈아! 천벌을 받아라."

수많은 창이 동탁을 향했다. 하지만 평소 겁이 많은 동탁은 옷 속에 갑옷을 받쳐 입고 다녔기 때문에 쉽게 죽지 않았다. 그러자 여포가 방천극을 휘두르며 동탁의 목을 단칼에 베었다.

잠시 뒤 동탁의 죽음이 알려지자 누가 먼저랄 것도 없이 만세를 외쳤다. 만세 소리가 장안에까지 울려 퍼졌으나 그래도 여전히 불안해하는 사람들이 있었다.

'이대로 끝나지는 않을 것이다.'

'앞으로는 어떻게 될지.'

사람들의 마음속 불안은 쉽게 사라지지 않았다.

"이숙, 어서 가서 이유의 목을 치게. 지금까지 동탁 곁에서 온갖 나쁜 짓을 꾸민 놈이 바로 이유일세."

여포의 말에 이숙은 병사들을 이끌고 이유를 잡으러 떠났다. 그리고 여포는 초선이 있는 미오성으로 달려갔다.

"초선아, 초선아……."

여포는 집의 뒤뜰을 미친 듯이 헤매고 다녔다. 그러다 조그만 방에 누워 있는 초선을 보았다. 여포는 한달음에 달려가 초선을 안았다. 초선의 몸은 이미 싸늘하게 굳어 있었다.

역신 임금을 배반한 신하.

"초선아, 어찌해서 죽은 것이냐."

여포가 소리쳤지만, 초선은 아무런 대답도 없었다. 그저 자신이 해야 할 일을 다 마쳤다는 듯 희미하게 웃음을 머금고 있었다.

동탁의 부하들은 왕윤을 찾아가 엎드려 용서를 빌었다. 하지만 왕윤은 그들의 항복을 받아들이지 않았다.

"동탁의 앞잡이들을 결코 용서할 수 없다."

왕윤은 미오성으로 쳐들어가 동탁의 부하들을 모조리 죽이라고 명령을 내렸다. 소식을 들은 동탁의 부하 가후가 미오성의 장수들을 불러 모았다.

"이럴 때일수록 더욱 단결해야 합니다. 백성들을 모아 장안으로 들어가 태사님의 원수를 갚아야 합니다."

그리고 백성들에게 거짓 소문을 퍼뜨렸다.

"왕윤이 군대를 보내 이곳 백성들까지 몰살하겠다고 큰소리치고 있다. 그러니 앉아서 죽음을 기다리지 말고 우리 군과 함께 맞서 싸워라!"

삽시간에 십사만 명에 이르는 대군이 모였다. 하지만 그들이 싸워야 할 상대의 우두머리는 여포였다.

"여포가 나섰으니 아무래도 승산이 없을 듯하오. 차라리 금은보화라도 훔쳐 달아나는 편이 낫겠소."

"그렇습니다. 저도 목숨이 붙어 있을 때 달아나는 편이 좋지 않을까 생각합니다."

몇몇 장수들은 싸우기도 전에 겁을 먹고 달아났다.

"죽기 아니면 살기로 결전을 치를 수밖에 없다."

"여포와 정면으로 맞서서는 도무지 이길 수 없다. 여포는 힘만 세고 머리가 나쁘니 그것을 이용해 싸워 보자."

남은 장수들이 서로 머리를 맞대고 방법을 찾았다. 그들은 달아나다 싸우다를 수십 번, 드디어 여포의 군대를 산속으로 몰아넣어 꼼짝 못하게 만들었다. 그사이 남은 장병들은 장안으로 향했다.

"장안이 위험하오. 얼른 돌아와 막기 바라오."

왕윤의 요구에도 여포는 산골짜기에 갇혀 꼼짝할 수가 없었다.

"태사님의 원수를 갚자!"

동탁의 부하들은 기뻐하며 성안으로 몰려 들어갔다. 그들은 닥치는 대로 사람을 베고 금은보화를 훔치고 불을 붙였다. 그즈음 여포는 간신히 산골짜기에서 빠져나왔다. 하지만 때는 이미 늦었다. 시뻘건 불길이 장안의 밤하늘을 덮고 있었다. 여포는 하늘로 솟아오르는 불빛만 바라볼 뿐 아무 말도 하지 못했다. 천하의 여포라 할지라도 달리 손쓸 방법이 없었다.

'어쩔 수 없구나. 우선은 원술에게 몸을 맡긴 뒤 뒷일을 계획할 수밖에.'

여포는 말 머리를 돌려 달아나기 시작했다.

불길이 장안 거리를 집어삼키고 피비린내가 코를 찔러도 황제 헌제는 아무것도 할 수 없었다. 그저 궁궐 깊은 곳에 창백한 얼굴로 앉아 있을 뿐이었다.

"동탁의 부하들이 밀려들어 오고 있습니다."

신하가 달려와 소식을 전했다.

헌제는 포기한 듯 눈을 감은 채 한숨을 내쉬었다. 얼마 뒤 동탁의 부하들이 황제 앞까지 달려와 외쳤다.

"폐하, 돌아가신 동탁 태사님은 폐하의 충신이었습니다. 그런데 까닭 없이 왕윤 일당에게 죽임을 당했습니다. 이에 태사님께 은혜를 입은 부하들이 복수를 꾀한 것입니다. 폐하의 소맷자락 뒤에 숨어 있는 왕윤만 내어 주신다면 저희는 곧바로 물러날 것입니다."

헌제는 자신의 옆을 돌아보았다. 그곳에는 왕윤이 서 있었다.

"이 한 몸이 뭐 그리 중요하단 말이냐?"

왕윤은 곧바로 동탁의 부하들 앞으로 나아갔다.

"우리 태사님의 원수다!"

동탁의 부하들이 달려들어 왕윤의 몸을 단번에 찢어 버리고 말았다.

호랑이 굴을 빠져나온 조조

동탁의 부하인 이각과 곽사는 황제 앞에서 왕윤을 처형했다. 그리고 마음대로 권력을 휘두르기 시작했다. 어떤 때는 동탁보다 더 잔인하고 악랄했다.

도읍 장안이 소란하다 보니 청주 지방에서 황건적이 다시 들고 일어났다. 이에 황제는 조조에게 황건적을 물리치라는 명을 내렸다. 조조는 즉시 지방의 도적 떼들을 쓸어버렸다. 그리고 항복한 적군 가운데 건장한 젊은이를 골라 백만에 가까운 군대를 꾸렸다.

그 뒤로 조조가 능력 있는 장수와 선비에게 좋은 대우를 해 준다는 소문이 퍼지자 조조의 군대에 들어가기 위해 순욱, 정욱, 곽가, 전위 등 많은 장수가 모여들었다.

그러던 어느 날 문득 조조는 고향에 있는 아버지를 떠올렸다.

"이제 안정을 찾았으니 아버지를 모시고 와야겠구나."

조조는 부하 응소에게 아버지와 가족을 데려오라고 명령했다.

조조의 아버지 조숭은 고향을 떠나 낭야라는 시골에 살고 있었다. 응소가 낭야에 도착해 소식을 전하자 조숭이 크게 기뻐했다.

"역시 우리 아들 조조뿐이구나."

조숭은 가족을 데리고 곧바로 연주로 향했고 가는 길에 서주에서 하룻밤 묵기로 했다. 소식을 듣고 서주 태수 도겸이 멀리까지 마중을 나왔다.

도겸은 조조와 친하게 지내고 싶은 마음이 있던 터라 조숭을 더욱 극진하게 대접했다. 다음 날 떠날 때는 부하 장개와 병사 오백 명을 붙여 주었다.

조숭 일행은 장개와 병사들을 앞세워 연주로 향했다. 그런데 산골 마을로 들어서자 갑자기 하늘이 흐려지더니 굵은 빗방울이 떨어졌다.

"저기 보이는 절에서 쉬었다 가는 게 좋겠습니다."

장개가 절로 달려가 스님에게 부탁했다.

"저희 일행이 잠시 비를 피할 수 있게 해 주십시오."

"그러시지요."

스님이 허락하자 장개는 다시 밖으로 나왔다. 병사들이 물에 빠진 생쥐 꼴로 장개를 바라보고 있었다. 그리고 몇몇 병사들이 불만을 토해 내기 시작했다.

"저 늙은이를 연주까지 데려다줘 봤자 아무런 공도 되지 않습니다."

"우리는 원래 황건적으로 살면서 자유롭게 생활했으니 이참에 다시 예전처럼 누런 두건을 쓰고 산야를 자유로이 누비고 싶습니다."

장개도 마음속으로는 병사들의 뜻과 다르지 않았다.

"너희 뜻이 그렇다면 저 늙은이를 죽이고 재물을 빼앗아 산속으로 들어가자."

장개와 병사들이 음모를 꾸미고 있다는 사실도 모른 채 조숭은 절로 들어갔다. 그리고 쉬는 동안 깜박 잠이 들었다.

장개와 병사들은 그 틈을 타 조숭의 목을 찔렀다. 물론 그의 남은 가족 역시 남김없이 죽였다.

조조의 명령을 받고 왔던 응소는 갑작스러운 일에 몹시 당황했다. 그래도 재빨리 움직여 부하 몇 명만을 데리고 간신히 도망쳤다. 하지만 자신의 목숨만 건진 터라 조조에게 돌아가지 못하고 원소가 있는 곳으로 갈 수밖에 없었다. 추적추적 내리는 가을비 속에서 산사는 도적들이 지른 불에 타고 도적으로 변한 장개 일당은 재물을 싣고 흔적도 없이 사라져 버렸다.

소식을 듣고 조조는 하염없이 눈물을 흘렸다.

"도적놈한테 내 아버지와 가족들을 맡기다니. 도겸을 가만두지 않겠다!"

조조의 분노는 하늘에 닿을 정도였다.

"서주를 쳐라!"

조조의 군대는 도겸의 간을 도려 낼 기세로 서주성을 향해 나아갔다.

근심에 빠진 도겸은 급히 여러 장수를 불러 모았다.

"조조의 군대에는 맞설 힘이 없소. 그의 원한을 사게 된 것도 모두 내가 모자랐기 때문이오. 기꺼이 그의 칼에 내 목을 내어 주겠소. 그리고 백성과 성안 병사들에게는 손을 대지 말라고 청할 것이오."

평소 도겸은 장군들 사이에서 훌륭한 사람으로 평판이 좋았다. 서주성이 위험하다는 소식을 듣고 각 지역에서 장군들이 달려왔다. 그중에는 유비 일행과 조운도 있었다.

"요즘 같은 세상에도 귀공과 같은 의인*이 있었단 말이오?"

도겸은 유비의 손을 덥석 잡으며 눈시울을 붉혔다. 힘겹게 싸움을 이어 가던 병사들도 환호성을 질렀다.

"오늘부터 저 대신 귀공께서 서주 태수로 명을 내려 주십시오."

도겸이 유비에게 간절히 부탁했다.

"어찌 그런 말씀을 하십니까?"

유비가 놀라며 사양했다.

"아닙니다. 이 늙은이에게는 이제 아무런 재주가 없습니다. 그 자리를 마음 놓고 물려줄 사람은 한나라 황실의 후손인 귀공밖에 없습니다. 부디 제 작은 뜻을 받아 주셨으면 합니다."

도겸의 말에는 진심이 담겨 있었다. 역시 소문대로 세상을 걱정하고 백성을 사랑하는 어진 사람이었다.

유비는 더 마다하지 못하고 도겸의 뜻을 받아들였다. 그리고 곧장 조조에게 편지를 써서 싸움을 그만두자고 제안했다.

의인 의로운 사람.

"뭐이라? 사사로운* 원한을 갚는 일은 나중에 생각하라고?"

유비의 글을 본 조조는 그것을 찢고 사신의 목을 베라고 명령했다. 그런데 바로 그때 연주에서 병사가 달려와 소식을 전했다.

"큰일입니다. 장군께서 성을 비운 틈을 타 여포가 연주를 공격하기 시작했습니다."

조조는 입술을 깨물었다.

"내 불찰이다!"

조조는 잠시 생각에 잠기더니 유비의 사신을 데려오라고 명령했다. 유비의 사신이 오자 조조는 조금 전과는 달리 부드럽게 말했다.

"말씀에 따라 흔쾌히 군대를 철수할 테니 내 뜻을 잘 좀 전해 주기 바라오."

조조는 사신을 정중하게 성안으로 들여보내고 바로 연주를 향해 달려갔다.

"여포가 대수냐?"

조조는 군대를 둘로 나누어 부하 조인에게는 연주로 가게 하고 자신은 복양으로 돌진해 들어갔다.

금세 복양성 안이 혼란에 빠졌다. 하지만 여포가 직접 군대를 지휘해 맞서자 조조의 군대는 바로 포위되었다. 산속 험한 길을 넘어 적진으로 깊숙하게 들어온 게 잘못이었다. 조조는 서둘러 남쪽으로 달아났다. 하지만 남쪽의 벌판도 여포의 병사로 가득했다. 동쪽으로 도

사사롭다 공적이지 못하고 어떤 사람에게만 관계 있는 상황.

망치려 했으나 동쪽 숲에도 여포의 병사들이 빼곡히 들어차 있었다.

"이쪽도 틀렸구나."

조조는 갈 곳을 잃었다. 어젯밤에 넘어온 북쪽의 산길을 다시 넘어갈 수밖에 없었다.

"조조가 저쪽으로 달아난다!"

여포의 군대가 뒤쫓아 왔다.

사방에서 조조를 향해 화살이 어지러이 날아들었다. 당황한 조조는 도망가는 척하다 여포의 병사들 속으로 숨어들었다. 얼마 뒤 여포가 무시무시한 방천극을 비껴들고 왼손으로 적토마의 고삐를 쥔 채 다가왔다.

조조는 얼굴을 옆으로 돌렸다. 그때 여포가 방천극을 뻗어 조조의 투구를 톡톡 두드렸다. 여포는 조조가 자기편 장수라 생각한 것이었다.

"이봐, 조조가 어디로 도망쳤는지 모르는가?"

"저도 그놈을 쫓고 있는 중입니다. 갈색 말을 타고 저쪽으로 달아났습니다."

조조가 목소리를 꾸며 내며 말했다.

여포는 조조가 가리키는 곳을 향해 정신없이 달려 나갔다.

조조는 정신없이 달려 간신히 호랑이 굴에서 빠져나올 수 있었다.

'이곳은 대체 어디란 말인가? 서쪽인가, 동쪽인가?'

조조는 산길을 헤매고 다녔다. 그러다 드디어 자신을 찾아다니던 부하 전위를 만났다. 조조는 전위의 보호를 받으며 큰길을 향해 달렸다. 하지만 큰길로 나가는 성문 앞에서 발길을 멈출 수밖에 없었다.

"아, 이곳도 빠져나가기 힘들겠구나!"

성문이 불에 활활 타오르고 있었다. 말안장에도 투구에도 불꽃이 날아들었다. 조조는 절망적인 목소리로 전위를 향해 말했다.

"돌아갈 수밖에 없을 듯하네."

전위는 불길보다 빨건 얼굴로 문을 노려보며 대답했다.

"돌아갈 길은 없습니다. 저 문이 생사의 갈림길입니다. 제가 앞장서서 달려 나갈 테니 바로 뒤따라오십시오."

문 전체가 불길에 휩싸여 있었다. 그야말로 지옥의 문이었다. 하지만 방법이 없었다. 전위는 말 엉덩이에 채찍을 휘둘렀다. 그 순간 말과 함께 전위는 불길에 휩싸인 문을 뚫고 나갔다. 곧이어 조조도 불길을 헤치며 문 쪽으로 달려들었다. 숨이 막히고 눈썹이며 귓속 털까지 불이 붙는 듯했다.

마침내 조조가 빠져나오자 문이 무너져 내렸다. 아슬아슬한 순간이었다.

"내가 살아 있는 것인가?"

조조는 목숨은 건졌지만 손과 팔꿈치에 커다란 화상을 입었다.

"틀림없이 살아 계십니다. 이제 걱정하지 마십시오."

조조가 전위의 부축을 받아 무사히 돌아왔지만 장병들의 사기는 땅에 떨어질 대로 떨어졌다.

"뭐? 조조 장군이 부상을 당하셨다고?"

부하들이 걱정하며 조조에게 우르르 달려갔다.

조조의 머리카락은 옥수수수염처럼 타 버렸고 몸은 절반이 헝겊에 감겨 있었다. 치료를 마친 의원의 얼굴에도 근심이 가득했다. 그런데 갑자기 조조가 큰 소리로 웃어 댔다.

"와하하하, 아하하하."

그러고는 한쪽 눈으로 부하들을 둘러보았다.

"여포에게 당하고 말다니, 내 체면이 말이 아니네. 이대로 당할 수는 없지. 하후연은 곧장 내 장례식을 준비하게. 그리고 오늘 새벽에 조조가 목숨을 잃었다고 알리게. 이 소식을 들은 여포가 틀림없이 공격해 올 것일세. 마릉산에 미리 병사들을 숨겨 둔 뒤 가짜 관을 묻는 척하며 유인해 공격하는 게 어떻겠는가?"

"좋은 방법입니다."

곧 조조가 죽었다는 소식이 복양성에 전해졌다.

"됐다. 이것으로 강적 하나를 제거했다."

여포는 무릎을 치며 기뻐했다.

여포는 조조의 계획대로 조조의 장례 중에 쳐들어가 조조의 군대를 몰살할 계획을 꾸몄다. 그래서 군대를 이끌고 마릉산으로 향했다.

얼마 뒤 마릉산에 다다를 때쯤 곳곳에서 함성이 일었다. 사방에서 조조의 군대가 튀어나왔다. 여포는 병사들은 물론이고 자신의 체면까지 버린 채 달아나야만 했다.

그 뒤로 여포는 복양성을 굳게 지키며 쉽게 밖으로 나오지 않았다. 조조가 공격을 해도 절대 움직이지 않았다. 그렇다 보니 한동안 싸움다운 싸움이 벌어지지 않았다.

벗이 적이 되고 적이 벗이 되다

구름 한 점 없는 맑은 하늘에 검은 솜뭉치 같은 것이 꽉 들어찼다. 난데없는 메뚜기 떼들이 온 세상을 뒤덮었다.

"메뚜기다, 메뚜기야!"

농민들이 소란을 떨기 시작했다.

메뚜기 떼는 몽골에서 불어오는 누런 바람에 섞인 모래보다 더 많이 날아왔다. 그리고 삽시간에 벼 이삭을 모두 먹어 치웠다. 결국 백성들은 굶주림에 시달려야 했다.

"먹을 것이 없다! 살아갈 수가 없어!"

백성들은 먹을 것을 찾아 떠나야 했다. 그렇다 보니 조조는 전쟁은커녕 군대조차 유지할 상황이 아니었다. 그것은 복양성의 여포도 마찬가지였다.

그 무렵 도겸에게 서주 태수 자리를 물려받은 유비도 메뚜기 떼 피해를 해결하려고 온갖 애를 썼다. 백성들은 그런 유비를 보며 끝없이 존경의 마음을 표시했다.

"뭣이! 유비가 서주 태수가 되었다고? 서주 태수였던 도겸은 내 아버지의 원수다. 촌놈 주제에 도겸에게 비위를 맞춰 서주 태수 자리에 앉았구나!"

조조는 몹시 화가 났다. 자신의 땅이 될 거라 생각한 서주를 생각지도 않은 사람이 차지했기 때문이다.

"나와 도겸의 관계를 알고도 서주 태수가 되었으니 나와 원수가 되려고 각오한 것이리라. 유비의 목을 쳐서 아버지의 원수를 갚으리라!"

조조는 바로 출전 준비를 하라고 명령했다. 그러자 부하 전위가 달려와 조조를 말렸다.

"식량도 부족한 처지에 싸움을 붙어 봤자 패할 것이 뻔합니다. 우선은 황건적들이 날뛰는 여남으로 가서 그들의 식량을 빼앗아 군대를 튼튼히 하는 것이 좋을 듯합니다."

"알겠네. 여남으로 가지."

조조는 성격이 시원시원했다. 그는 좋은 의견이 있으면 바로바로 받아들였다.

조조의 군대는 여남에서 싸울 준비를 마쳤다. 그곳에는 여우나 개 떼처럼 규율도 없이 떠도는 황건적 무리가 여럿 있었다. 그렇다 보니 조조의 공격을 당해 낼 무리가 없었다. 황건적 무리는 사방팔방 흩어져 달아나기도 하고 또 무리를 지어 항복하기도 했다.

"아무리 새가 없는 마을의 박쥐라 할지라도 그중에는 좀 쓸 만한 박쥐가 한 마리쯤은 있을 법도 한데……."

조조와 부하들이 황건적 무리를 보며 비웃어 댔다.

그때 갑자기 한쪽 산골짜기에서 깃발도 들지 않은 무리가 우르르 쏟아져 나왔다. 맨 앞에 선 장사가 조조의 앞길을 가로막았다.

"이놈, 넌 누구냐?"

조조의 부하 전위가 장수를 향해 칼을 뽑아 들었다. 그러자 장수도 창을 휘두르며 표범처럼 달려들었다. 전위는 두 손에 칼을 하나씩 들고 휙휙 바람을 일으키며 맞섰다. 하지만 장수는 전위의 칼을 모두 막아 낼 뿐만 아니라 오히려 전위가 당황할 만큼 여유롭고 날카롭게 공격했다.

"잠시 멈추어라."

전위가 칼을 거두며 외쳤다.

"네놈은 대체 누구냐? 황건적 무리냐?"

"나는 초현에서 온 허저다. 나는 그냥 농민일 뿐이다."

"이놈, 농사꾼 주제에!"

전위는 태어나서 처음으로 힘겨운 상대를 만나 싸웠다. 하지만 허저는 터럭만큼도 흐트러지지 않았다. 더욱 용맹하게 고함을 지르며 칼을 휘둘렀다.

두 사람의 싸움은 쉽게 승부가 나지 않았다. 오히려 말이 지치고 해가 떨어져 무승부로 끝을 맺었다. 두 사람의 싸움을 지켜본 조조가 전위에게 말했다.

"내일은 거짓으로 진 척하여 도망치게."

이튿날 전위는 조조의 말대로 허저에게 등을 보이며 달아나야 했다. 허저는 곧장 뒤를 쫓았고 얼마쯤 따라가다 조조가 미리 파 둔 구덩이에 굴러 떨어지고 말았다. 사방에서 뛰쳐나온 조조의 병사들이 구덩이 주위에 빙 둘러섰다. 함정에 빠진 허저는 곧 조조 앞으로 끌려갔다.

"참으로 뛰어난 인재를 발견했구나."

조조의 갑작스러운 말에 부하들은 당황해했다. 조조는 자신의 적이라 생각하면 조금도 용서하지 않으나 반대로 뛰어난 사람이라고 인정하면 정성을 다했다.

"이 자에게 자리를 마련해 주어라."

조조는 부하에게 명령한 뒤 허저의 몸에 묶여 있던 밧줄을 직접 풀어 주었다.

"제가 산속에서 살게 된 건 도적들에게 먹을 것을 빼앗기고 마음 편히 농사를 지을 수 없었기 때문입니다. 장군께서 도적들을 잡아 주신다면 그 이상 바랄 게 없습니다."

허저는 조금도 주눅 들지 않고 말했다.

조조는 기꺼이 승낙했고 허저는 그날부터 조조의 부하가 되었다.

조조의 옛 땅이었던 연주는 여포의 부하인 설란과 이봉이 지키고 있었다. 하지만 두 장군은 백성들에게 가혹할 정도로 세금을 거두어들였고 날마다 술을 마시며 놀기에 바빴다.

조조는 군대의 방향을 돌리고 검을 들어 연주를 가리켰다.

"우리의 고향으로 돌아가자!"

조조의 군대는 폭풍처럼 달려 순식간에 연주성에 도착했다. 허저가 조조 앞으로 다가가 말했다.

"제가 나가 적군의 두 장수를 잡아다 장군 앞에 바치겠습니다."

허저는 단칼에 설란과 이봉을 베었다. 그렇게 해서 연주성은 다시 조조의 손에 들어왔다.

"이 기세를 몰아 복양성까지 빼앗자!"

조조의 군대는 다시 여포가 있는 복양성을 향해 나아갔다. 그 소식을 들은 여포의 부하가 여포에게 달려가 알렸다.

"장군, 조조의 군대가 쳐들어오고 있습니다. 지금 나가 싸우는 건 매우 불리합니다."

"아니다! 이번에는 내가 직접 나가 싸울 것이다!"

나이가 들어도 여포의 용맹한 기운은 수그러들지 않았다.

여포의 모습을 본 허저가 나섰다.

"제가 저놈과 맞서겠습니다!"

허저는 이를 갈며 여포 앞으로 달려갔다. 두 사람은 서로 맞서 싸웠지만 쉽게 승부가 나지 않았다. 그러자 조조의 부하 전위가 허저를 돕기 위해 달려들었다. 둘이 힘을 합해 싸웠지만 여포의 방천극은 끄떡도 하지 않았다.

이번에는 조조의 부하 하후돈이 힘을 합했다. 조조의 부하 셋은 여포를 놓치지 않겠다며 달려들었다. 그제야 여포는 적토마에 채찍을 휘두르며 재빨리 달아났다.

여포는 성으로 돌아와 부하들에게 다시 의견을 물었다.

"원소를 의지하여 기주로 가는 것이 어떻겠는가?"

여포의 부하들은 고개만 갸웃거릴 뿐 대답을 망설였다. 원소에 대한 소문이 좋지 않았기 때문이다. 이에 사람을 먼저 보내 원소의 마음을 슬쩍 떠보기로 의견을 모았다.

원소는 여포의 뜻을 전해 듣고 부하들에게 의견을 물었다.

"받아들여서는 안 됩니다. 여포는 용맹하나 마음이 여우처럼 간사합니다. 그가 연주를 되찾는다면 그다음에는 우리 기주를 노릴 것입니다. 차라리 조조와 손을 잡아 여포를 제거하는 게 좋을 것입니다."

원소는 부하들 말을 듣고 곧바로 조조에게 오만 명의 병사를 지원했다. 그렇다 보니 여포는 더 큰 어려운 상황에 놓이게 되었다.

"그래, 얼마 전에 서주를 물려받은 유비를 찾아가기로 하자."

여포는 당장 유비에게 사람을 보냈다. 하지만 관우와 장비가 유비를 설득했다.

"여포의 인품은 이미 잘 알고 계실 것입니다. 원소조차 그를 받아들이지 않았습니다. 평온한 서주에 굶주린 이리를 들여서는 안 됩니다."

"여포의 인품*은 결코 좋다고 할 수 없지. 하지만 지난날 여포가 연주를 공격하지 않았다면 서주는 조조의 손에 넘어갔을 거야. 여포가 우리를 일부러 도와준 건 아니지만 그래도 감사한 일이다. 지

인품 사람의 품격이나 됨됨이.

금 여포가 궁지에 몰린 새가 되어 내게 도움을 구하는 것도 하늘의 뜻이지 않겠느냐."

유비가 먼 산을 바라보며 말했다.

"거참, 어쩔 수가 없군. 우리 큰 형님은 사람이 너무 좋아."

장비가 관우에 귀에 대고 속삭였다.

유비는 수레를 타고 성 밖까지 나가 여포를 맞이했다. 떠돌이 장수를 정중하게 맞이하자 여포도 재빨리 말에서 내려 인사했다.

"불행히도 어려움 처한 나를 반갑게 맞아 주어 고맙소. 하기야 지난날 서주가 조조의 군대에 포위되었을 때 내가 연주를 습격하지 않았다면 오늘 같은 날은 없었을 것이오. 내 입으로 말하기는 좀 쑥스럽지만 그 사실을 잊지 않았다는 점이 참으로 기쁘오. 역시 사람은 좋은 일을 해야 하는군요."

유비는 웃는 얼굴로 그저 고개만 끄덕였다. 하지만 장비가 버럭 화를 내며 소리쳤다.

"뭐라고? 자신의 욕심을 이루기 위해 연주를 쳐 놓고 무슨 은혜라도 베푼 양 말하는군! 큰 형님이 겸손하여 자신을 낮추니 버릇없이 기어오르는구나!"

놀란 유비가 장비를 꾸짖었다. 그러자 여포가 눈치를 살피며 말했다.

"귀공의 마음은 감사하나 아무래도 인연이 아닌 듯하니 저는 다른 곳으로 가 볼 생각입니다."

"그래서는 제 마음이 편치 않습니다. 이대로 떠나신다는 건 아무래도 좋은 일이 아닌 듯합니다. 아우의 무례함은 제가 사과드리겠습니다."

유비가 여포를 붙들었다. 그리고 예의를 갖춰 자신이 전에 머물렀 소패의 집으로 안내했다. 여포 역시 갈 곳을 딱히 정해 둔 것이 아니었기에 소패로 향했다.

도읍 장안의 곽사와 이각은 점점 더 권력을 휘두르며 자기들 세상을 만들어 갔다.

"한 명의 동탁이 죽더니 어느 틈엔가 두 명의 동탁이 설쳐 대는구나."

백성들의 원성이 하늘을 찌를 듯했지만 누구 하나 큰 소리로 말하는 사람이 없었다.

"두 도적 때문에 하루도 편한 날이 없구나. 두 도적을 칠 수만 있다면, 백성들이 얼마나 좋아할까?"

황제 헌제는 괴로움에 눈물을 흘렸다. 그러자 신하 양표가 헌제 곁으로 다가가 가만히 이야기했다.

"폐하, 한 가지 좋은 방법이 있습니다. 곽사와 이각의 사이를 갈라놓은 다음 조조에게 명을 내려 두 도적을 소탕하는 게 어떻겠습니까?"

"두 사람을 어떻게 갈라놓는단 말이오?"

"자신 있습니다. 곽사의 부인은 질투심이 많기로 유명하니 그것을 이용하면 실패는 없을 것이라 여겨집니다."

양표는 집에 도착하자마자 곧 부인의 방으로 갔다.

"부인, 곽사의 부인을 찾아가 질투심에 불을 붙여 줄 수 있겠소?"

"다른 집안의 부인을 질투하게 만들어 어쩌시려고요?"

그러자 양표가 부인의 귀에 대고 가슴속 비밀을 밝혔다. 부인은 크게 고개를 끄덕이며 대답했다.

"네, 해 볼게요."

곧이어 양표의 부인은 화사하게 차려입고 곽사의 집으로 갔다.

"이렇게 매번 진귀한 선물을 받기만 해서 어떻게 합니까."

곽사의 부인이 반갑게 맞아 주었다.

"아닙니다. 그나저나 부인은 언제 봐도 아름답습니다. 이토록 어여쁜 분을 두고도 남자들이란 참……."

양표의 부인이 갑자기 눈물을 흘렸다.

"어찌 갑자기 눈물을 흘리십니까?"

"아아, 아무것도 아닙니다."

"아니, 무슨 이유가 있으시겠지요. 숨기지 말고 말씀해 주세요."

"사실은 부인의 얼굴을 보고 있자니 아무것도 모르시는 것 같아 가여운 마음이 들었기에……."

양표의 부인은 주변을 살피더니 목소리를 낮추었다.

"이각 장군의 부인과 댁의 장군님이 오래전부터 각별한 사이라는 소문이 있습니다."

곽사의 부인은 몸을 부르르 떨었다.

"어쩐지 요즘 남편의 모습이 좀 이상하다 싶었습니다. 밤에 늦게 돌아오는 날이 잦으시고, 저를 보면 늘 언짢아하셔서……."

곽사의 부인은 말을 잇지 못하고 흐느꼈다.

양표의 부인이 돌아간 뒤 곽사의 부인은 며칠을 앓아 누웠다.

그러던 어느 날, 이각이 곽사를 자기네 집으로 초대했다. 곽사의 부인은 집을 나서려는 남편을 붙잡았다.

"여보, 오늘 밤만은 가지 마세요. 제 소원이에요."

부인이 가슴에 기대어 눈물을 흘렸기에 곽사도 뿌리치고 갈 수는 없었다.

다음 날 이각이 곽사의 집으로 갖가지 요리를 보내왔다. 그것을 받은 곽사의 부인은 일부러 그 요리 가운데 하나에 독을 넣어 남편 앞으로 가져갔다.

"맛있어 보이는구먼."

곽사가 별생각 없이 수저를 들자 부인이 그의 손을 잡으며 말렸다.

"다른 집에서 온 음식을 살펴보지 않고 함부로 드시다 소중한 몸이라도 상하면 어쩌려고 그러세요."

곽사의 부인은 젓가락으로 요리를 집어 던졌다. 곧 개가 와서 그것을 덥석 물었다. 그리고 얼마 뒤 개는 빙글빙글 돌다 피를 토하고 죽었다.

"아, 끔찍해라! 이각 장군이 보낸 요리 안에 독이 들어 있었어요. 사람의 마음도 이와 다를 바 없는 거라고요."

부인이 화들짝 놀라 소리쳤다. 곽사는 할 말을 잃고 크게 한숨만 내쉬었다.

그 뒤로 곽사의 마음에는 이각에 대한 의심이 싹트기 시작했다. 그 전과는 달리 이각의 모든 행동이 의심스럽게만 보였다.

"아무래도 안 되겠어. 근심의 불씨를 잘라 버려야지!"

곽사는 고민 끝에 군대를 꾸려 이각의 집으로 쳐들어갔다.

"나를 없애고 혼자서 권력을 쥐겠다는 말이군. 네놈이 그렇게 나온다면 나도 가만있을 수 없지."

이각도 군대를 꾸려 맞섰다.

날이 갈수록 장안은 혼란에 빠졌고, 그 틈을 타 이각의 조카 이섬이 황제와 황후를 수레에 싣고 미오성으로 끌고 갔다. 그곳에서 황제와 황후는 썩은 음식을 먹으며 지내야 했다.

열흘이 지난 뒤 갑자기 성안에서 함성이 들렸다.

"무슨 일인가?"

황제가 창백한 얼굴로 주변을 둘러보았다.

"큰일입니다. 곽사의 부대가 성안으로 밀고 들어와서는 황제의 옥체*를 넘겨 달라며 소란을 피우고 있습니다."

"앞문에는 호랑이, 뒷문에는 이리. 두 도적이 짐*의 몸을 걸고 발톱과 이빨을 갈고 있구나. 밖으로 나가자니 아수라장, 이곳에 머물자니 지옥. 짐은 대체 어디로 가야 한단 말이냐?"

황제가 눈물을 흘렸다.

그러는 사이에도 곽사의 군대와 이각의 군대는 조금도 물러서지

옥체 임금의 몸. | **짐** 옛날에 황제가 자신을 가리키던 말.

않고 싸웠다.

"황제를 건네주겠느냐, 목숨을 내놓겠느냐?"

"무슨 소리를 하는 게냐, 이 교활한 놈아!"

곽사가 창을 휘두르며 앞으로 나아갔다. 이각은 대검을 치켜들고 눈썹을 곧추세웠다. 서로 칼을 번뜩이며 싸웠지만 승부는 쉽게 갈리지 않았다.

"멈추시오. 두 장군은 잠시 기다리시오."

그때 양표가 달려와 말했다.

"황제의 명령이오. 우선은 이쯤에서 싸움을 멈추고 군대를 물리도록 하시오. 명령을 거역하는 자야말로 역적이라 할 수 있소."

"뭐라고? 말도 안 되는 소리! 당장 저자를 묶어라."

곽사는 양표와 신하들을 밧줄로 묶으라고 명령했다.

"나라의 관리한테 이 무슨 횡포*란 말이오."

양표가 엄한 목소리로 꾸짖자 곽사가 거만하게 대꾸했다.

"닥쳐라! 이각은 황제를 인질*로 삼고 있지 않느냐? 그러니 나는 그 신하들을 인질로 잡아 두려는 것이다."

그렇게 이각과 곽사는 밤낮 없이 싸움을 벌였다. 여러 대신들이 와서 싸움을 말려도 멈출 생각을 하지 않았다.

하루는 이각의 고향 사람인 황보력이 이각을 만나러 왔다.

"아무 도움도 안 되는 싸움은 이쯤에서 그만두시는 것이 어떻겠

횡포 자기 멋대로 하면서 난폭하게 구는 것. | **인질** 상대방이 약속을 지키도록 하기 위해, 이쪽에서 잡아 두는 상대편 사람.

습니까?"

"돌아가라! 입을 더 놀린다면 이 칼의 맛을 보여 주마!"

깜짝 놀란 황보력은 서량으로 도망갔고, 가는 길마다 소문을 퍼뜨렸다.

"이각은 황제를 살해할지도 모를 짐승 같은 놈이다. 그런 놈은 반드시 비참한 최후를 맞이하게 될 것이다."

그 뒤로 많은 병사들이 이각의 군대에서 빠져나와 다른 군대나 고향으로 떠났다. 하루하루 지날 때마다 이각의 병력은 눈에 띄게 쇠약해졌다. 곽사의 병사들도 거듭되는 전투에 지쳐 있긴 마찬가지였다.

길고 긴 어려운 싸움이 계속될 때쯤, 섬서 지방의 장제가 대군을 이끌고 곽사를 찾아왔다. 그는 곽사에게 이각과 화해하라고 강요했다. 곽사는 막강한 군대를 가진 장제의 공격이 두려웠다. 그래서 어쩔 수 없이 인질로 잡아 놓은 관리들을 풀어 주고 이각과 화해할 수밖에 없었다.

황제는 장제의 공을 인정하여 그에게 벼슬을 내렸다.

"장안은 황폐해졌습니다. 낙양과 가까운 홍농으로 옮기시는 것이 어떻겠습니까?"

장제의 권유에 황제가 마음을 정했다. 그렇지 않아도 황제는 옛 도읍인 낙양을 그리워하고 있었다. 이튿날 황제는 마차를 타고 홍농으로 출발했다.

그 소식을 들은 곽사는 병사들을 몰고 뒤를 쫓았다. 곽사는 장제를 속이려고 이각과 거짓 화해를 한 것이었다.

"곽사다! 어찌하면 좋겠느냐?"

황제는 긴 한숨을 내쉬었으며, 황후는 겁을 먹고 흐느꼈다. 그때 양봉과 서황이 군대를 이끌고 땅속에서 솟아오른 것처럼 달려왔다.

양봉과 서황은 백염부를 휘두르며 곽사의 군대로 뛰어들었다. 곽사의 병사들은 핏줄기를 뿜으며 뿔뿔이 흩어져 도망쳤다. 그렇지만 곽사는 싸움을 멈추지 않았다. 다음 날에는 이각과 힘을 합치기까지 해 양봉의 군대를 공격했다.

"황제를 넘겨라!"

곽사와 이각의 군대가 황제를 태운 마차를 뒤쫓았다. 마차는 쉼 없이 달려 황하 강변에 도착했다. 그리고 강을 건너 낙양으로 향했다.

2권에서 계속

도원결의

桃園結義
복숭아 도 동산 원 맺을 결 뜻 의

복숭아 동산에서 의형제를 맺다.

유비, 관우, 장비가 복숭아꽃이 핀 동산에서 의형제를 맺은 이야기에서 유래된 말입니다. 유비, 관우, 장비처럼 의형제를 맺거나 마음 맞는 사람끼리 뜻을 모아 함께 행동하기로 약속할 때 주로 쓰입니다.

혼일사해

混一四海
섞을 혼 한 일 넉 사 바다 해

여러 바다를 모아 하나로 만든다.

천하 통일을 뜻하는 말입니다. 황건적의 난이 일어났을 때, 유비와 관우와 장비는 병사를 이끌고 가다가 조조를 만나 인사를 하고 헤어졌습니다. 유비가 조조가 뛰어난 인물이라고 평하자 장비가 조조는 볼품이 없어 보인다고 우깁니다. 이에 관우가 사람을 외모로 평가해서는 안 된다며, "한나라 고조는 수염이 길고 풍성해서 혼일사해를 이루셨느냐? 한신이 몸이 커서 항우를 이겼느냐?"라고 장비를 깨우친 데서 유래했습니다.

난형난제

難兄難弟
어려울 난 형 형 어려울 난 아우 제

누구를 형이라 하고 누구를 아우라 하기 어렵다.

황건적을 무찌르려고 모인 토벌 부대에는 뛰어난 장수들이 많았습니다. 유비, 관우, 장비는 물론 난세의 영웅이라고 불리는 조조와 오나라를 세우는 손권의 아버지인 손견도 있었지요. 누구를 형이라고 하고 누구를 아우라고 하기 어려울 정도로 모두 뛰어난 영웅이었습니다. 이렇게 두 사물이 비슷하여 낫고 못함을 정하기 어려움을 이르는 말입니다. 후한 말 진식이라는 신하가 두 아들 가운데 누가 더 재능이 뛰어나냐는 질문에 "나이로는 형과 아우를 가릴 수 있지만, 학문이나 재능에서는 형을 형이라 말하기 어렵고, 아우를 아우라고 하기에도 어렵다."라고 대답한 데서 유래한 고사성어입니다.

기각지세 掎角之勢

끌 기 뿔 각 어조사 지 형세 세

사슴을 잡을 때 사슴의 뒷발을 잡고 뿔을 잡는다.

유비는 손견, 주전 등과 함께 황건적이 있는 완성에서 싸웠습니다. 유비와 주전이 이끄는 군대는 성의 동문을 동격하고, 손견이 이끄는 군대는 성의 남문을 공격했지요. 이처럼 한쪽과 다른 쪽 방향에서 적을 몰아치는 공격을 기각지세掎角之勢라고 합니다. 두 영웅이 팽팽하게 맞서는 모습을 뜻하기도 합니다.

면선심한 面善心狠

낯 면 착할 선 마음 심 사나울 한

얼굴은 착해 보이지만 마음이 사납다.

동탁이 대장군 하진의 부름을 받고 수도로 갔을 때, 사람들이 동탁을 보고 "얼굴은 선해 보이지만, 속마음은 늑대처럼 사납다."라고 평한 데서 유래한 고사성어입니다.

하석일마 何惜一馬

어찌 하 아낄 석 한 일 말 마

큰 뜻을 위하는 일에 어찌 말 한 마리를 아끼겠느냐.

동탁이 여포를 보고 마음에 들어 하자, 신하 이숙이 동탁에게 여포는 재물 욕심이 많은 사람이니 적토마를 주면 쉽게 부하로 삼을 수 있다고 말한 데서 유래한 고사성어입니다. 동탁이 적토마를 아까워하며 고개를 가로젓자 이숙은 "천하를 얻으려는 분이 어찌 말 한 마리를 아까워하십니까?"라고 말했고, 이 말을 들은 동탁은 여포에게 황금과 적토마를 주고, 여포를 자기 부하로 삼았습니다.

망천지시 亡天之時

망할 망 하늘 천 어조사 지 때 시

하늘이 망하려는 때.

17개 지방에서 모인 17제후가 원소를 총대장으로 뽑자, 원소가 동탁을 이야기하면서 표현한 말에서 유래되었습니다.

우도할계 牛刀割鷄

소 우 칼 도 벨 할 닭 계

소 잡는 칼로 닭을 잡는다.

사소한 일을 하는 데 굳이 뛰어난 인재를 쓸 필요 없다는 뜻입니다. 손견이 사수관을 공격해 오자 동탁은 여포를 보내 싸우게 하려고 합니다. 그러자 화웅이 "닭을 잡는데 어째서 소 잡는 칼을 쓰려고 하십니까?"라며 자신이 사수관으로 가겠다고 한 말에서 유래되었습니다. 소 잡는 칼은 여포, 닭은 손견을 뜻합니다.

구오지분 九五之分

아홉 구 다섯 오 어조사 지 나눌 분

황제의 자리.

연합군이 동탁을 치러 낙양에 도착했을 때의 일입니다. 동탁은 이미 장안으로 떠났고, 낙양은 모두 불타고 폐허가 되어 있었지요. 그 모습을 살피던 연합군 장수 손견이 우연히 우물에서 옥새를 발견합니다. 손견의 부하인 정보는 "장군이 황제의 자리(구오지분)에 올라 옥새를 자손대대로 물려준다는 뜻입니다." 라고 말합니다. 뒷날 손견의 아들 손권이 오나라를 세운 다음 아버지 손견에게 '무열황제' 자리를 줍니다. 손견은 죽어서 황제가 된 셈입니다.

주요 무기

쌍고검(유비)

황건적 토벌격문을 붙이고 거병할 무렵 만든 무기다. 마을의 한 대장장이에게 주문하여 만들었다. '자웅일대검'으로도 불린다.

장팔사모(장비)

길이가 1장 8척(4.14m)쯤 되는 창이다.

청룡도(관우)

칼날이 반달 모양이며, 칼에 용무늬가 새겨진 손잡이가 긴 대도(긴 칼)를 말한다. 언월은 반달 모양을 가리킨다. 그런 까닭에 '청룡언월도'라고도 불린다.

고정도(손견)

좋은 칼을 만들기로 유명한 고장인 하북 땅 고정진에서 만들어서 날카롭기로 유명한 이 칼로 손견이 화웅의 목을 베었다.

방천극(여포)

창 옆에 벨 수 있게 날카로운 달 모양의 칼날이 달려 있는 고대 병기.

칠성검(조조)

조조가 동탁을 죽이기 위해 왕윤에게 빌려온 왕씨 가문의 보도(보배로운 칼). '칠성보도'라고도 한다.

백염부(서황)

서황이 사용한 커다란 도끼. 이 무기로 허저, 안량, 관우 같은 맹장과 싸웠다.

처음 읽는 삼국지

1 도원결의 : 복숭아밭에서 맺은 의형제

초판 3쇄 발행 2020년 5월 30일

원 작 나관중
엮 음 홍종의
그 림 김상진
펴낸이 한승수
펴낸곳 문예춘추사

편 집 정내현
디자인 김연수
마케팅 신기탁

등록번호 제2012-000344호
등록일자 2009년 6월 24일

주 소 서울시 마포구 동교로27길 53 지남빌딩 309호
전 화 02 338 0084
팩 스 02 338 0087
E-mail moonchusa@naver.com

ISBN 978-89-94757-44-5 (64820)
978-89-94757-43-8 (세트)

어린이제품안전특별법에 의한 제품 표시

제조자명 하늘을나는교실(문예춘추사) | **제조년월** 2018년 1월 | **제조국** 대한민국 | **사용 연령** 6세 이상 어린이
제품 주소 및 연락처 서울시 마포구 동교로27길 53 지남빌딩 309호 (02) 338-0084

3세기 초 삼국 정립 시기의 세력도

북벌은 결코 간단한 일이 아니었다. 싸움에서 이겨도 군량이 떨어지기도 하고, 도읍에서 이변이 일어나기도 하고, 일진일퇴의 공방전이 펼쳐져 성과는 거의 없었다. 그사이에 손권이 제위에 올라 스스로 황제라 칭하여 중국 대륙에 드디어 세 개의 나라가 탄생하게 된다.

제갈량은 북벌을 거듭하나 오히려 부하에게조차 신뢰를 얻지 못하는 상태에 빠지고 일곱 번째 북벌 때 병을 얻어 오장원에서 목숨을 잃는다.

이를 기회로 삼아 제갈량 밑에 있던 위연이 모반을 일으키나 제갈량의 밀명을 받은 마대에게 살해당한다. 제갈량이 죽었다는 소식이 위에 전해지자 황제 조예는 크게 기뻐했으며, 모든 재산을 탕진하고 만년에는 폭군이 되어 버린다.

주요 사건 지도

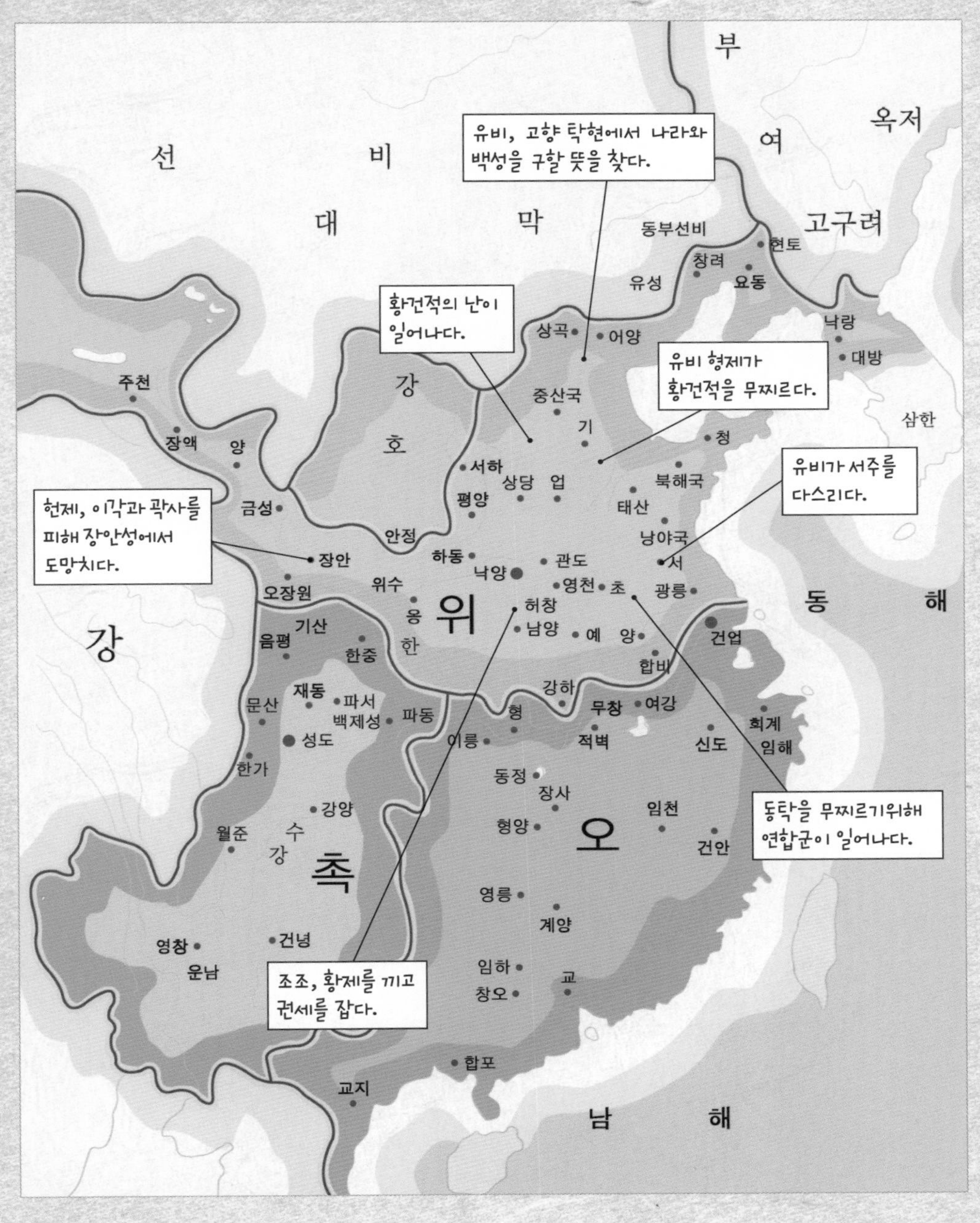

유비, 고향 탁현에서 나라와 백성을 구할 뜻을 찾다.
황건적의 난이 일어나다.
유비 형제가 황건적을 무찌르다.
유비가 서주를 다스리다.
헌제, 이각과 곽사를 피해 장안성에서 도망치다.
동탁을 무찌르기위해 연합군이 일어나다.
조조, 황제를 끼고 권세를 잡다.
부
여
옥저
선
비
대
막
고구려
동부선비
현토
창려
요동
유성
낙랑
대방
삼한
상곡
어양
강
호
주천
장액
양
중산국
기
청
서하
상당
업
북해국
금성
평양
태산
안정
낭야국
장안
하동
관도
서
낙양
영천
초
광릉
오장원
위수
위
허창
동
해
강
기산
옹
남양
예
양
건업
음평
한중
한
합비
재동
파서
강하
문산
백제성
파동
형
무창
여강
회계
성도
이릉
적벽
신도
임해
한가
동정
장사
강양
임천
월준
수
강
형양
오
건안
촉
영릉
계양
영창
건녕
운남
임하
교
창오
합포
교지
남
해

통찰력과 지혜를 기르고
생각의 깊이를 더하는 필독 고전!

삼국지는 《수호지》 《서유기》 《금병매》와 함께 중국 최고의 고전으로 일컬어진다. 나는 처음 《삼국지》를 읽을 때 낯선 지명, 이름, 어려운 낱말 때문에 내용을 쉽게 이해하지 못했다. 나는 아쉽고 힘들었던 기억을 떠올려 이번에 어린이가 쉽게 읽을 수 있는 《삼국지》를 엮어 내기로 했다. 《삼국지》를 다 읽고 나면 여러분은 더 넓은 세상을 가슴으로 품을 것이다. — **엮은이의 말 중에서**

❶ 도원결의 : 복숭아밭에서 맺은 의형제

황건적을 물리치고 나라와 백성을 구하기 위해 유비, 관우, 장비가 복숭아밭에서 의형제를 맺고 세상으로 나가는데…….

【 이 책의 특징 】

❶ 원작 《삼국지연의》의 내용을 어린이의 눈높이에 맞게 재구성했습니다.

❷ 내용 중간중간에 완전 천연색 삽화를 넣어 읽고 보는 즐거움을 더했습니다.

❸ 등장인물 소개, 삼국지에서 비롯된 고사성어, 주요 인물의 무기 소개, 당시의 지명 및 주요 전투 세력 지도, 어려운 단어의 뜻풀이를 담아 학습 효과를 더했습니다.

9 788994 757445 64820

값 11,000원

ISBN 978-89-94757-44-5
978-89-94757-43-8 (세트)